野人

那些回不去的年少時光

〔上〕

桐華 著

目錄

第一部

這是我一直想寫的故事。

如今，

我終於對那個純真又璀璨的年代有一個交代。

第一部

楔子

滿身風雨我從海上來

這麼多年來，我一直在學習一件事情，就是不回頭。
只為自己沒有做過的事情後悔，不為自己做過的事情後悔。
人生每一步行來，都需要付出代價，我得到了想要的一些，失去了不想失去的一些。
可這世上的芸芸眾生，誰又不是這樣呢？

二〇〇八年五月十二日，汶川發生了芮氏八・〇級大地震，陝西、甘肅發生了芮氏六・五級到七・〇級的餘震。

那一日，身在舊金山的羅琦琦如往常一般開車去上班。她提前三十分鐘到辦公室，邊喝牛奶，邊上網收發郵件，突然，她看到了汶川地震的消息，震驚地點擊進去，確定了這條消息的真實性。

大腦麻木了幾分鐘後，她突然意識到四川與陝西接壤，四川發生這麼大的地震，陝西肯定也會被波及。顧不上此時是中國時間的凌晨，她打電話回家，電話沒有人接，換打爸爸的手機，也沒有人接，再換媽媽的手機，同樣沒有人接，最後打妹妹的手機，依然沒有人接。

羅琦琦一遍又一遍撥打著父母的電話，在無人接聽的答鈴音中，她的手開始發顫。華人同事小玲的父母在成都，當電話持續打不通時，她趴在辦公桌上失聲痛哭。

整個早上，羅琦琦什麼都沒做，只是一遍遍撥打著電話，一遍遍刷新著網頁，可地震剛發生，連震級都還沒有真正確定，網上的報導少得可憐。

為了瞭解陝西省受到的衝擊，她搜尋了中國地圖，用尺測量西安和汶川的距離，按照比例尺計算實際的空間距離，又打電話給麻省理工研究地殼運動的大學校友，問他地震傳播的次級遞減規律，等到下班的時候，她已經成了半個地震專家。

晚上，電話終於打通。爸爸說：「人都沒有事，房子也沒事，就天花板掉了幾塊，電視機被砸得有點兒變形，妳不用擔心，瑗瑗一直陪著我們。」

羅琦琦挨個詢問了一遍家裡的親戚，確認了每個人的安全，又對妹妹千叮嚀萬囑咐。正要掛電話的時候，妹妹瑗瑗說：「妳十分鐘後打電話到我的手機，我有話和妳說。」

十分鐘後，羅琦琦打到妹妹的手機，問：「什麼事情？」

「姐，妳有算過妳多少年沒回過國了嗎？妳去的是美國，不是月球！昨天下午地震後，我們不敢在屋子裡睡，在街頭露宿了一晚，爸媽一直在念叨妳。就算是美國總統也要回家看望一下父母吧？妳就日理萬機到連回家一趟的時間都沒有嗎？

我知道妳給了家裡不少錢，爸媽住的房子、我開的車子都是妳出的錢，如果沒有妳，爸媽和我說不定還在擠七〇年代的筒子樓[1]，可妳知道爸爸有肝硬化嗎？妳陪媽媽去過醫院嗎？妳有沒有想

---

1 筒子樓，也稱兵營式建築，是中國大陸的一種城市居民樓結構，多建於一九五〇至九〇年代，一般為三到六層建築，無電梯。橫截面為狹長的條形，兩端有樓梯。中間貫穿一條走廊如筒子狀，因而得名。

過，我們若在震中有個萬一，妳就見不到我們了……」
羅瑗瑗忍不住哭了出來，五分是對生死無常的後怕，五分是對地震慘狀的感同身受。
羅琦琦不吭聲，良久後，她說：「我會盡快安排假期，回國一趟。」
羅瑗瑗一邊哭，一邊笑地說：「這還差不多，爸媽肯定會很高興！」
雖然決定了要休假，可工作上的事情不是說放就放、說走就能走的，等羅琦琦一切安排妥當，已經是九月份了。
周圍歸國的華人都拎著大包小包，就她只帶了一個中等大小的行李箱。
從舊金山起飛，十多個小時就到了北京。
羅琦琦恍惚地想，十多個小時，只是當年坐火車到北京的四分之一時間，原來太平洋的距離並不是那麼遙遠。

在西安機場取了行李，當羅琦琦朝外走時，聽到後頭有人高聲叫：「姐，姐！」
一個打扮靚麗的女子不停地朝她揮手。四年沒見，有些許陌生，可當妹妹一把抱住她時，源自血緣的熟悉剎那間就回來了。
瑗瑗還是和以前一樣喜歡說話，她一邊開車，一邊說個不停，詢問著美國的事情，絮叨著國內的生活。

她興高采烈地說：「哦，對了，那天我和同事去稅務局辦事，那幫公務員沒有豔若桃李，卻絕對冷若冰霜。後來突然出來一個人，我不認識他，他卻認識我，問我『妳姐是不是羅琦琦』，我說『是啊』，他就讓同事幫我們把事順利辦完了。我們要謝他，他卻推辭說『一點小事舉手之勞，我和妳姐是老同學』，我以前和同事說妳從小就是出類拔萃的風雲人物，我同事還不信，總說我吹牛，那次才算信了。」

羅琦琦裝作累了，閉上了眼睛。她從小就是出類拔萃的風雲人物？究竟是她的記憶太好，還是別人太健忘？

車子停在樓下，羅琦琦沒有回家的熟悉感覺，甚至壓根不知道房子在幾樓，像個客人，任由羅瑗瑗帶領。

媽媽準備的飯菜驚人的豐盛，似乎要把羅琦琦四年來沒吃到的都補回來。

羅琦琦只負責吃，不負責說，但是只要有羅瑗瑗的飯桌，永遠不會冷清，她連說帶笑，連比帶畫，一會講老闆的洋相，一會說同事的八卦，逗得全家人笑了又笑。

媽媽一邊吃著飯，一邊試探地說：「琦琦，如果碰到了合適的人，妳自己也要上心一些，女孩子不管事業多成功，都要成家。妳得給妹妹做個榜樣，要不然她老是理直氣壯地說『我姐不也還沒男朋友嘛』。」

羅瑗瑗朝羅琦琦皺眉頭，以一種小聲，卻全桌子都能聽到的聲音說：「還是妳聰明，待在國外，壓根兒聽不到這些嘮叨，下次把我嘮叨急了，我就去投奔妳。」

爸爸媽媽都笑了起來：「就妳這樣子？大學時連英語四級都考了三次才勉強通過，還想要出國？」

「好好的中國人，為什麼要考英語啊？考不過還不許畢業，神經病！怎麼沒見英國的大學生考中文啊？」

「那不說英語，妳的專業課程成績……」

「你們再說，再說我可不吃飯了！」

羅瑷瑷驕橫地一瞪眼睛，爸爸媽媽立即和以前一樣全部投降。

「其實的確沒必要考英文，平時也很少用，用的人去考就行了。」

羅琦琦微笑地聽著，享受著這種細碎的幸福。

吃過飯後，羅瑷瑷領著羅琦琦參觀她的臥室。

房子是羅琦琦出國後才買的，她出了四十多萬，父母負擔裝修費用。因為這個臥室是留給琦琦的，一直沒有人用，桌子、床、書櫃都很新，沒有任何時光的記憶，只有書架上的書看著熟悉。

羅琦琦拿起《紅樓夢》，坐在床沿隨手翻著。一九七九年的版本，紙張已經有些發黃，真難相信，這本書竟然要快三十歲了。

羅瑷瑷邀功一樣地說：「怎麼樣？妳的寶貝我都幫妳保存良好。」她拉開書櫃下方的櫃門，「妳親筆簽名的密封箱子在這裡，我可從沒打開看過。」

羅琦琦沉默地凝視著箱子，羅瑷瑷笑著說：「姐，妳好好休息，等休息夠了，我再陪妳吃遍大街小巷。」

琦琦拿出箱子卻沒有打開，只是用手指摩挲著箱子上的簽名。這些簽名寫於高三畢業那年，那時她才十七歲。這麼多年過去，其實連她自己都有些記不清裡面究竟裝著什麼了。

她默默坐了一會兒，把箱子塞回床邊的書櫃裡。

洗完澡後，羅琦琦給沈遠哲、楊軍、林依然各發了一封電子郵件。他們是她中學時代碩果僅存的朋友，自從出國後就失去了聯繫，她也不太確定這些電子郵件是否還管用。

明明很累，可也許因為時差，也或許因為枕頭旁就是那個承載著過去的箱子，她翻來覆去，總是睡不安穩。

第二天早上，她正在刷牙，電話響了。

「琦琦，妳的電話。」

她急急吐出漱口水，跑過去拿起電話：「喂？」

「羅琦琦同學，妳聲音變化挺大的。」

這種說話方式，不可能是穩重的沈遠哲。

「楊軍，你在……」她低頭看著來電顯示，「你在北京工作？」

「是啊，妳呢？這次回國是暫時，還是長期？」

「暫時，不過假期挺長的，有一個月。」

「什麼時候回去？會經過北京嗎？我和林依然聚會時，總會提起妳這個無情無義的渾蛋，想當年我們的三角關係多惹人羨慕啊！」

「那敢情好，我回頭去北京的時候，你請我們吃飯。」

「好啊，只要妳來，吃什麼我都奉陪。」

「看來你現在是有錢人了。」

「去死，再有錢也不敢和妳這賺美金的人比。」

「少來，美金在貶值，你不知道啊？你有女朋友了嗎？和童雲珠糾纏出結果了沒？」

楊軍只笑不答，過了一會兒才說：「目前還沒有女朋友。」

「同學，聽我一句勸，別一棵樹上吊死，虧你還是學電腦的，不知道重要檔案要備份啊？」

楊軍好整以暇地問：「同學，那妳呢？有男朋友了沒？」

羅琦琦悻悻地說：「目前也還沒有。」

楊軍高聲大笑：「林依然已經結婚了，孩子都快一歲，是個女孩，非常像她，完全就是一個小依然。」

「那可太好了，我批准她可以攜帶家眷出席我們的三角關係宴。」

「好嘛！反正不是妳付錢。對了，羅琦琦，妳這次回國想做什麼？有想過回故鄉嗎？」

「主要是陪陪爸媽，別的還沒想好。」

「唉！妳這是剛回來，還滿懷著革命主義的浪漫情懷，等妳和父母在一個屋簷底下住上兩週，妳就知道階級敵人[2]的滋味了。我已經總結過我和爸媽的關係，絕對的遠香近臭。」

羅琦琦光笑，不說話。

楊軍說：「我先掛電話了，我所有的聯繫方式都發到妳的郵箱裡了，有什麼事，妳隨時找我。我們是一塊長大的朋友，妳若和我客氣，我會生氣。」

「我明白。」

「把電話給妳媽，我給阿姨問個好。」

羅琦琦把電話遞給了媽媽，聽到媽媽愉快的笑聲，重複著說：「哦，還沒女朋友呢。」

羅琦琦搖頭笑笑，繼續去刷牙洗臉。

在家裡連續住了兩個星期後，羅琦琦開始明白楊軍的理論。她和爸媽倒還沒有淪落成階級敵人，不過明顯不如剛回來時受到重視了。媽媽開始去公園跳舞，爸爸則常常跑去找棋友，都不再抓著她問東問西。

羅瑗瑗還算仗義，盡量抽出時間陪她，可是大概也到最後的忍耐極限了。

「姐，妳什麼時候回美國？」

2階級敵人是中共毛澤東時代的一個常用政治術語，指階級鬥爭中處於敵對關係、敵對狀態的人和政治、社會集團。在二○○○年代的口語裡，還偶爾出現「階級敵人」這個詞，但只是把它當作一種調侃的詞彙，如稱小偷為「階級敵人」、老師自稱怕成為學生的「階級敵人」、稱呼日常生活的麻煩製造者為「階級敵人」等等，以此表現說話人的機智、幽默，甚至無奈，已經全無當日的如臨大敵和猙獰。

羅琦琦笑了笑：「下週我就會離開西安了。」

「去北京？」

「不是，先回去我們長大的地方看看，再去北京見幾個老同學，然後回舊金山。」

一週後，羅琦琦圓滿完成了探親任務，在爸爸、媽媽、妹妹的歡送下離開西安。

經過兩小時的飛行，羅琦琦到達了她的目的地。

一走出機場，熱浪就撲面而來，比西安至少高了兩度。風很大，頭髮被吹得亂飛。羅琦琦一邊走，一邊不停地左右看著，和周圍的觀光客一樣，一點兒看不出她曾在這個城市生活過十年。

坐在計程車上，羅琦琦看著車窗外，神情很恍惚，道路兩側的變化真的太大了，她尋找不到似曾相識的親切。

計程車司機問：「小姐來旅遊嗎？對什麼景點感興趣？」

「不是。」頓了一頓，她又說：「我小時候在這裡長大的。」

司機本來想推銷旅遊包車業務，沒想到看走了眼，竟碰到本地人。

他笑著說：「看妳這樣子，好久沒回來了吧？」

「十年。」

「哎呦！那可真夠久的！」

「是啊！」是很久。

到旅館時，天色已黑。

羅琦琦洗完澡後，躺在床上翻來覆去睡不著。

回到這座城市，她一路上一直有些恍惚，還有隱隱的亢奮。

既然睡不著，索性爬了起來，站到陽臺上，眺望城市的迷離燈火，卻看不清楚哪一盞燈火是她的家。

這麼多年過去，這個地方依舊牽扯著她的心。

心理學大師佛洛伊德認為，一個人所有的行為都受童年經歷的影響，所以，一切的因果都要追溯到生命最開始的地方……

Chapter 1

回憶的開始

青春在哪裡？

每個少年的眼睛黑白分明，猶如一塊幕布。

勇敢、衝動、懦弱、好奇、渴望、困惑、傷心、失望、思索……所有屬於青春的絢麗色彩都在那黑白分明的幕布中上演。

當它在繽紛地演出時，我們卻懵懂無知，即使它近在我們的眼睛裡。正因為它太近了，近在我們的眼睛裡，所以，我們無法看到。

唯有當它逐漸遠離時，我們才能看清楚，看清楚那一切也許精彩、也許不精彩的故事背後的因果得失。

可是，一切已經是定格後的底片，無論我們是微笑，還是落淚，都只能遠遠站在時光這頭，靜靜看著時光那頭螢幕上的聚與散、得與失。

這就是青春，唯有它離開後，我們才能看清楚。

我出生在一個很普通的家庭，不富也不窮，父母教育程度不高也不低。在我五歲之前的記憶中，關於他們的畫面很少，因為在小我一歲零五個月的妹妹羅瑗瑗出生後，父母就將我送到了外公身邊。

在外公那裡，我過得很幸福快樂，集萬千寵愛於一身，是一個典型泡在「蜜罐子」裡的孩子。

外公是當地最好的土木工程師，畫圓圈可以不用圓規，寫得一手非常漂亮的蠅頭小楷，晚年時喜讀金庸，至今家裡仍有他手抄的《倚天屠龍記》，還裝訂成冊，如一本本精美的古書。

外公出身富足，家裡是大橘園主。因為他的出身，在那個年代，他沒少經歷風浪，可不管什麼磨難，他都淡然對之，唯一讓他不能淡然的事，就是他和外婆離婚。

離婚後，外婆帶著母親遠走他鄉，嫁給了另一個男子，這個男子對我的母親很刻薄，母親的童年和少女時期都堪稱不幸。等母親再見到外公時，已經是二十多年後。初見時，母親怎麼都叫不出「爸爸」二字，而早已不因物喜、不以己悲的外公卻是老淚縱橫。

提出離婚的是外婆，錯不在外公，可外公對我的母親依舊很愧疚，再加上我是他身邊唯一的孫子輩，他對我的溺愛到了人神共憤的地步。

根據我二姨媽的回憶，我小時候既臭美又囂張還貪小便宜，她給我買了一雙小皮鞋，早上服侍我穿鞋時，我堅決不肯穿，嫌棄皮鞋不夠亮，無論她如何勸都沒有用，她只能早飯都不吃地幫我擦皮鞋。她忍不住抱怨了兩句，我立即去找外公告狀，堅決要求打她屁股，外公真的就拿報紙拍了二姨媽兩下。

還有，家裡無論任何人照相，都不能漏掉我，如果不讓我加入，誰都別想照，連二姨媽的同事拍合照，我都要摻上一腳。所以，雖然那個年代，照相還是一件挺稀奇的事情，可我五歲前的相片卻多如牛毛，常常是一群大人中間夾個小不點兒，人家哭笑不得，我卻得意洋洋。

那些人神共憤的記憶都來自於二姨媽的講述，我可是一點兒都不記得。

在我的記憶中，我只記得外公帶我去釣魚，我不喜歡他抱，要自己走，他就跟在我身旁，短短的路，我一會兒要採花，一會兒要捉螞蚱，常常一走就是一、兩個小時，外公就一直陪著我。

外公給我買酒心巧克力，只因為我愛吃，他不介意人家說小孩不該吃醉。

我把墨汁糊到他收藏的古書上，二姨媽看得都心疼，他只哈哈一笑。

清晨時分，他教我誦「春眠不覺曉」；傍晚時分，他抱著我坐在搖椅上，對著晚霞搖啊搖。

在外公的寵溺下，我囂張恣意地快樂著。

直到五歲的時候，因為要上小學了，父母便將我接回他們身邊。

記得母親出現在我面前時，我不肯叫她「媽媽」，我只是一邊吮著棒棒糖，一邊用狐疑的目光打量著這個遠道而來、神情哀傷的女子。最後在我的大哭大叫、連踢帶踹中，母親將我強行帶上火車，返回了我的「家」。

從此，我的幸福終結，苦難開始。

在外公身邊，我是小公主，我擁有一切最好的東西、最豐厚的愛，整個世界都圍繞著我轉。可是，在父母身邊，另一個小姑娘，我的妹妹才是小公主。

父母上班本來就很忙，他們僅有的閒餘時間都給了我的妹妹。妹妹一直在父母身邊長大，她能言善道、會撒嬌、會哄父母開心，而我則是一個在很長一段時間裡，連「爸爸」、「媽媽」都不肯叫的人。

兩個年齡相差不大的孩子，又都是唯我獨尊地被養大，在一起玩的時候免不了搶玩具、搶零食，我一再被父母囑咐和警告「妳是姐姐，妳要讓著妹妹」。

在父母的「姐妹和睦」、「姐姐讓妹妹」教育下，最好的玩具要給妹妹、最好的食物要給妹妹、最漂亮的裙子要給妹妹。總而言之，只要她想要的、她看上的，我就要一聲不吭地放棄。

在無數次的「姐姐讓妹妹」之後，我開始學乖，常常是一個人躲在一邊玩，不管任何東西，我都會自覺地讓妹妹先挑，她不要的才歸我，甚至已經歸我的，只要她想要，我也要隨時給她。

吃飯時上了飯桌，一句話不說，快速地吃飯，然後離開，他們的歡笑交談和我沒有關係。因此，我從唧唧喳喳，漸漸變得沉默寡言。

我常常思念外公。

每當我痛苦孤單，就會想像等我長大可以自己坐火車時，就回到外公身邊，唯有那樣，我才覺得自己的生活還有點兒期望。

記憶中最深的畫面，就是黃昏時分，母親在廚房忙碌，我躲在書櫃的角落裡翻《兒童畫報》，父親下班歸來，打開了門，第一聲就是「瑗瑗」，妹妹高叫著「爸爸」，歡快地撲上去，父親將她抱住，高高拋起，又接住，兩個人在客廳裡快樂地大笑著。

我就躲在角落裡，沉默地偷窺著。他們玩遊戲，他們講故事，他們歡笑又歡笑，整整一個小時，沒有任何一個人問我去了哪裡，那種感覺就像我坐在宇宙洪荒的盡頭，四周漆黑一片，冰冷無比，孤單和荒涼籠罩全身。

當時我也許還不明白什麼是宇宙洪荒，也不明白那種讓我渴望地望著外面，卻又悲傷地不肯自己走出去的情緒是什麼，但是，那個蜷縮在陰暗角落，雙臂緊緊抱著自己，眼睛一眨不眨盯著外面，渴望聽父母叫一聲自己名字的孩子的樣子，永遠刻在了我的心上。

直到晚飯做好，母親把菜全部擺好後，才想起要叫我吃飯，但我仍然躲在書櫃、沙發、牆壁形成的死角裡不出來。

我既是自傷，又是自傲，在心裡莫名其妙地一遍遍想著：為什麼現在才想起我？遲了，已經遲了！如果再早一點兒，我會因為你們的呼喚，歡快幸福地衝出去，可是現在，我不想應聲了！我就是不想回應了！我不稀罕！我一點兒都不稀罕你們！

母親打開每個房間叫我，都沒有發現我的蹤影，他們向妹妹詢問我的去向，但那個笨小孩只會搖頭，嬌聲說：「我在玩積木，不知道她去哪裡了。」

因為我人小，又縮坐在角落裡，這是一個視覺盲點，加上他們怎麼都想不到，我竟然就在客廳，在他們的眼皮底下，這又是一個心理盲點，所以父母一直沒有找到我。

驚慌失措之下再也顧不上吃飯，匆匆找來隔壁的阿姨照顧妹妹，兩人穿上大衣衝進冬夜的寒風裡，開始四處尋找我，而我只是坐在客廳的角落裡，靜靜地看著一切的發生。

我並不是故意要製造這場慌亂，我只是當時真的不想回應他們的叫聲，而後來，等事情鬧大時，我自己也開始慌亂害怕，不知道該怎麼辦，只能把自己更深地藏起來。

這場鬧劇一直持續到深夜，後來，妹妹在撿滾落的積木時發現了我。這個傢伙一臉「我軍抓住國民黨特務」的興奮表情，邀功地去上報。

父親抓住我想打，母親攔住了他，問我原因，我看著父親的大掌，摸著自己的屁股，想都沒想就脫口而出。

「我沒聽到你們叫我，我看著圖畫書，看著看著就睡著了。」

我人生的第一個謊言讓我免去了一頓「鐵掌炒肉」。

還差一個月六歲的時候，我進了小學。

當時，教育局對上學年齡的管制很嚴格，沒有滿七歲絕不許上學，不要說差一歲多，差一個月都不行。

父親為了送我入學，想了點兒辦法，靠關係把我送進了當地駐兵部隊的子弟小學，那個學校是部隊自己辦的，錄取標準比較寬鬆。

但是，由於我得了肺結核，在拼音還沒學全的時候就休學了。

在家養病一年後，父母問我是重新讀一年級，還是接著讀二年級。

那個時候，學校裡流行一首歌謠：「留級生炒花生，炒了花生給醫生。醫生說真好吃，原來是個留級生！」

我親眼目睹過一群小朋友聚集在路邊對著一個孩子高聲唱誦的場面，想到這裡，我打了一個冷顫，毅然告訴父母，我要和同學一起讀二年級，父母就讓我去讀二年級了。

我的年齡本來就比同學小，心智半開，又沒有讀完小學一年級，結果很容易想像——我的成績很不好。由於性格孤僻、沉默寡言，再加上成績不好，我從頭到腳都不是老師喜歡的類型，所以我就越發的性格孤僻、沉默寡言、成績不好。

不過，這些都沒有什麼，因為父母並不在乎我的成績，他們從來不會因為我考了倒數第一、第二就責罵我，他們只說盡力就好，所以我並沒有太大的學習壓力。

除了那個讓我羨慕、嫉妒、討厭的妹妹，以及讓我覺得無比壓抑和孤單的家庭，我的生活也還過得去，甚至還交到了一個極其要好的朋友——葛曉菲。她是班上的第一名，是獨生女，非常羨慕我有一個妹妹可以一起玩，而我羨慕所有的獨生女。

國中時上了公民課，知道計畫生育是我國的基本國策後，我還怨怪執行力度實在不夠。

葛曉菲很喜歡說話，而我很不喜歡說話，和我在一起，她絕對不用擔心有人和她搶話。除了這個互補的不同點，葛曉菲和我還有一個共同點，我們都不喜歡回家，因此常常放學後，別的同學早已回家，只剩我們倆仍然在學校裡四處徘徊。

徘徊得多了，抬頭不見低頭見，一來二去，我們倆成了好朋友，而我在她面前時，偶爾也會變得像在外公身邊一樣活潑調皮。

我們倆一塊兒上學，一塊兒放學，在一起時，總是手牽著手，我感覺她才是我的姐妹，甚至一顆糖，我也會留一半給她。

她對我也極好，只要我想要的，她寧可自己不要，都要留給我；我不開心時，她總是想盡辦法逗我笑；我的手很笨拙，每次上美勞課都比別人慢，她總是先幫我做，完成我的之後，才匆匆地趕自己的作業。

我們倆好得就像連體嬰，恨不得時時刻刻在一起。

某天放學後，我們手牽手玩了很久，卻依然不想分開，可是天已經黑了。

曉菲說她不想回家，問我可不可以陪她，我就邀請她去我家。爸爸媽媽看到我帶同學回家，很熱情地招待她。晚上，我們倆睡同一張床，頭挨著頭，那是我第一次在家裡不會感到孤單，覺得無比幸福。

第二天起床後，看父母神情憔悴，才知道曉菲的夜不歸家造成驚慌，那個時候又沒有電話，她的父母只能一家一家找，凌晨兩、三點才找到我家。爸爸對於曉菲撒謊說她媽媽知道她在我家很不高興，媽媽卻沒有多說，依舊做好豐盛的早餐，讓我們吃完後去上學。

曉菲悶悶不樂了一天後，第二天就又開開心心起來。

因為有了曉菲，我的生活雖有陰影，卻仍算快樂。可是，生活大概覺得我這個小駱駝的負擔還不夠，所以它給我扔了一根很粗的柴。

小學三年級，因為父親的工作調動，全家得離開這裡到一個新的城市。我和曉菲揮淚告別，她抱著我大哭，我當時雖然沒有哭，可是一坐上車就開始狂掉眼淚，還不願讓父母發現，於是緊緊憋著氣，不發出聲音。

小小年紀還未真正懂得什麼叫離別，卻已經為離別在哭泣。

進入新的小學後，我遇見一個數學老師——趙老師，從此，我人生中新的苦難開始了。

這個邪惡的巫婆讓我至今對老師有心理陰影，每次讀到什麼「老師是蠟燭，燃燒自己照亮學生」的話就想冷笑。

我的人生經驗恰恰相反，雖然的確也會有好老師，但是更多老師很勢利，趙老師就是其中一個。如果哪個孩子的父母是高官，她對那個孩子就會格外親切；如果這個孩子的父母又恰好是教育局的，那麼老師對他的溫柔善良、無私奉獻的確可以和蠟燭媲美。

但是，如果你既沒有當官的父母，也恰好沒錢，然後自己又不爭氣，學習成績不好，那麼老師很容易在課堂上把你當靶子，用粉筆頭丟你，或者時不時翻白眼，用看上去輕描淡寫，實際上鄙夷輕視的語氣譏諷你回答不出問題時的窘迫。

大人們常以為孩子很多事情都不懂，實際上孩子的心很敏感，我們都有「面子」的，很討厭被人當眾訓斥。

在無數次臉漲得通紅之後，我越來越害怕這個老師，而她也越來越瞧不起我，每堂課都喜歡把我叫起來提問，譏諷我幾句。我的笨拙，我的學習成績差，我的不會說話，甚至我的孤僻性格，都令她不滿意。

至今還記得她撇撇嘴，斜睨著我，用恨鐵不成鋼的語氣說：「妳怎麼沒一點兒小孩子的樣子？又呆又蠢，也不知道吃的飯都消化到哪裡去了。」

孩子都有一顆異常敏感的心，那個時候大家都喜歡被老師寵愛，喜歡當班級幹部，喜歡胳膊上戴著三個紅槓或兩個紅槓，站在校門口，板著臉嚴肅地檢查同學的紅領巾有沒有戴、女生有沒有染指甲、男生的頭髮有沒有超過耳朵。

孩子在很多時候比大人更看重面子，因為世界小，所以，所有的小事都不小。小學老師在整個社會中，是一個非常平凡普通的人，可是在所有她教的孩子面前卻如同半個上帝，她的表揚和批評、喜愛和厭惡，都會產生難以想像的蝴蝶效應。

在趙老師明顯的輕視下，班裡的同學也受到了影響，她們開始不喜歡和我一起玩，跳橡皮筋、打沙包[3]、踢毽子，沒有人想和我一組。幾次的尷尬後，我開始自覺主動地疏離於整個班級之外，常常她們一起玩的時候，我就一個人坐在花壇邊上發呆。

在家裡，我孤單一人，需要處處讓著妹妹；在學校，我孤單一人，老師同學都不喜歡我。在家裡，我常常坐在角落裡，靜默地看著妹妹抱著爸爸又笑又撒嬌；在學校，我常常站在遠處，靜默地看著同學們跳橡皮筋、打沙包。

在這世上，有很多種不好的感覺，但，孤單是其中最恐怖的。

後來，不經意地在父親的書架上找到一本古龍的武俠小說，主人公那種寂寞孤單、被世人遺棄的感觸，如雷電般擊中我小小的心臟，彷彿尋到了知音。

從此，我更加安靜、更加孤僻地躲入了一個想像的世界。

3 打沙包是一種中國傳統民間兒童遊戲。在一個正方體布包，內裝玉米粒，高粱粒，豆粒或細沙粒，邊長約五至十公分之間。以四人為例，分兩組，每組兩個，兩邊各一個人（同一組），中間兩個人（同一組），兩邊的人相距十公尺至十五公尺用力投沙包，目的是擊中中間的人，中間的人要躲避投來的沙包或者將其接住。

Chapter 2

遇見了他

因為意識到老師在孩子生命中的重要性，中國的傳統文化一直強調尊師重道，尊敬老師在中國早已上升為一種道德標準，卻忘記了，正因為老師在孩子生命中的重要性，老師其實也應該尊重孩子。

有了對個體生命的尊重，才能有對個體生命的正確引導。

三年級快結束的時候，因為學校的人數增多，傳聞要重新劃分班級，我心底開始暗暗祈求，快把這個趙老師換走吧！

我們學校每週有一次升旗儀式，升旗儀式後，校長會表揚優秀、斥責落後，然後頒發代表榮譽的流動紅旗給上週表現優異的班級。

這週也是如此。一開始都是一些例行公事，我低著頭沒在意，反正流動紅旗頒發給哪個班級與我無關。

當流動紅旗頒發完後，校長語氣嚴肅地說起了偷盜行為，什麼觸犯刑法、進監獄等，如果趕上嚴打年代[4]，還會被槍斃！

一個男孩子被校長叫上臺，校長開始宣布這個男孩子的罪行：偷自行車、偷老師的錢包、和高年級學生一起勒索低年級學生、脅迫低年級學生去偷家長的錢、打群架、用自行車鎖鏈把第一小學的一個六年級男生打傷、給高年級女生寫情書……

一個不過十一、二歲的孩子，卻彷彿已經罪不可赦，可以直接送入監獄進行勞動改造了，同學們聽得目瞪口呆，全都盯著他，可是，讓我凝神觀看的不是這一串的罪行，而是臺上那個男孩子的神情。

他的個子比同齡人高，因為高而顯得瘦，藍色的校服鬆垮垮地掛在身上，理著小平頭，因為頭髮太硬，根根都直立著，一眼看去像一隻刺蝟。他懶洋洋地站在那裡，低著頭好像在認錯，但偶爾一個抬頭間，卻是唇角帶笑。

難道他沒有看到大家的各種目光嗎？難道他不覺得丟人嗎？這可是在全校人面前呀！我怎麼想都不能理解。

散會後，周圍的女生在竊竊私語，我跟在她們身後，聽明白了幾分這個男孩的來龍去脈。

他和我們同級，不過因為二年級留過級，所以年齡比我們都大。聽說他是家裡的老么，父母四十多歲才生下他，有四個大他很多的姐姐，據說家裡很有錢。他的運動鞋是NIKE的，他手腕上的錶是Swatch的，都是他姐夫從國外帶回來的。

八〇年代末九〇年代初，外國還是一個很遙遠的名詞，什麼東西是什麼牌子，這個牌子所代表

---

4 嚴打：嚴厲打擊刑事犯罪活動的簡稱，為中華人民共和國多次實施的以打擊刑事犯罪活動為目標的運動。第一次嚴打自一九八三年七月開始席捲中國大陸。迄今為止共出現過四次「嚴打」，分別為一九八三年、一九九六年、二〇〇一、二〇一〇年。

的意義我聽不懂，我只是很疑惑地想，既然有錢幹麼去偷東西、去勒索別人的錢？

他的行為、他的神情，對我而言都像個謎。困惑不解中，我記住了這個壞學生的名字——張駿。不過，我相信，那一天記住他的不止我一個。

四年級的時候重新分班，發生了兩件不幸的事情：第一件，就是我的數學老師仍是趙老師；第二件，她不但是數學老師，而且兼班導師。

張駿和我分到了同一個班，但我們倆幾乎沒說過話，雖然我們有很多共同點，比如，我和他常常輪流拿全班倒數第一；上課的時候，我們都不聽講，他總是在睡覺，而我總是在發呆，所以我們倆常常被趙老師的粉筆頭砸。

但是，他更多的地方是和我不同的。

他雖然成績差，可班裡的男生都和他一起玩，甚至所有成績不好的男生都很聽他的話，女生也不討厭他，因為他常常請她們吃雪糕、喝冷飲。他講的笑話，能讓她們笑得前仰後合。

上課時，他總在睡覺，可只要下課鈴聲一響，他就精神抖擻，和大家一起衝到操場上，踢足球、打籃球。而我總是一個人找個地方，躲起來看書，偶爾抬頭看一眼遠處跳橡皮筋的女生、踢足球的男生。

家裡的孤單寂寞，我已經習慣，反正我可以看書，書裡面有無數的精彩；妹妹嬌氣、愛打小報告，我可以躲著她，凡事都「姐姐讓妹妹」；趙老師對我不滿，畢竟只是數學課上兩、三分鐘的折磨，我已經可以面無表情地忍受。

如果這樣的日子持續下去，那麼也不失為一種平靜。可是，生活總是喜歡逗弄我們。在你絕望時，閃一點兒希望的火花給你看，惹得你不能死心；在你平靜時，又會冷不妨地絆你一下，讓你不能太順心。

一個夏日的下午，課間一小時的自由活動時間，不需要做值日的同學都跑到操場上去玩，我因為喜歡窗臺上的那片陽光，所以縮坐到窗臺上看書和眺望遠處。

自由活動時間結束，同學們返回上自習課時，周芸向趙老師報告她的鋼筆丟了，她很委屈地說，這支鋼筆是她爸爸特意為她買的，下課前她還用過，現在卻不見了。

趙老師認為此事情節嚴重，一定要嚴肅處理，開始向同學一個個詢問，課間活動的時候，還有誰在教室。

最有嫌疑的張駿下課鈴一響，就和一群男生衝出教室，一直在操場上踢足球，有無數人可以作證。趙老師詢問他時，他大咧咧地直接把書包抽出來放在桌子上，對趙老師說了句「妳可以搜查」，在他的坦然自信下，趙老師立即排除了他的嫌疑。

最後，在教室裡還有其他兩、三個同學的情況下，趙老師一口咬定是我拿的，要求我交出鋼筆，只要交出來，這一次可以先原諒我。

我不敢相信自己的耳朵，當時，我站在靠著窗戶的位置上，陽光那麼燦爛地照著我，我卻全身發冷。

趙老師在講臺上義正詞嚴地批評著我，全班三十多個同學的眼睛全都一眨不眨地盯著我，每一雙眼睛都如利劍，刺得我生疼。

我強忍著淚水說：「趙老師，我沒有……沒有拿她的鋼筆。」

可是趙老師不相信，在她心中，留在教室的幾個學生，只有我是壞學生，也只有我才會做出這樣的壞事，我這個壞學生，課間活動的時候不出去野和瘋，卻留在教室裡，說自己在看書，聽起來就匪夷所思、不合情理。

她一遍遍地斥責我，命我交出偷來的贓物，而我一遍遍申辯我沒有偷。

這個人類靈魂的工程師[5]惱羞成怒，喝令我站到講臺上，然後當著全班同學的面，開始從頭到腳地搜我的身，我只覺得屈辱不堪，一邊掉眼淚，一邊任由她在我身上翻來摸去。

全班同學都默默地看著講臺上的我，眼睛裡面有看一場好戲的殘忍，他們期待著贓物繳獲那一刻的興奮。

趙老師把我推來搡去，我在淚眼朦朧中，看到教室最後面一雙異樣沉靜的眼眸，沒有其他人隱含的興奮期待，冷漠中彷彿有著似有若無的同情，輕蔑之下好像有一點點的憐憫。

趙老師搜了我的身以後，又搜了我的課桌和書包，都沒有發現鋼筆，頓時尷尬起來，對我的斥罵聲越來越大。

搜不到贓物，她無法對我定罪，卻仍對我惡狠狠地警告：「不要以為這次沒有抓住妳，就可以蒙混過關，妳就是個小偷！是個『三隻手』！」

我當時只感覺全身一會兒冷，一會兒熱，好像「小偷」那兩個字被人用燒紅的烙鐵深深地印到了我的額頭上。事實也證明，在很長一段時間裡，這兩個字的確刻在了我的額頭上。

趙老師把我偷東西還狡辯不承認的事情添油加醋地告訴所有老師，同學們也一致認定是我偷了東西，他們在後面提起我時，不再叫我的名字，都叫我「三隻手」，有的女生甚至會刻意在我面前，用不高不低的聲音說出那三個字，我只能屈辱地深深低下頭，沉默地快速走開，她們在我身後誇張地大笑。

男生沒有女生那麼刻薄，不會叫我「三隻手」，可是，當他們聽到有人叫「三隻手」時，齊刷刷看向我的視線不啻於一把把鋒利的刀劍。

很長一段時間，我一聽到這三個字，就恨不得自己能立即死掉，立即消失在這個世界上。

每天清晨起床的時候，我甚至會不由自主地恐懼，我害怕老師、害怕同學。上學對我而言，成了最恐怖的事情。

誰說「人之初，性本善」？你見過小孩子殘忍地虐殺小動物嗎？他們能把小鳥活活玩死。人的本性中隱含獸性，孩子的世界其實充滿殘忍。

在發生偷鋼筆事件的一個月後，趙老師對我進行了第二次身與心的徹底踐踏和羞辱。

5「教師是人類靈魂的工程師」——在中國，這是對教師的特定稱謂。靈魂工程是指老師除了傳道、授業、解惑之外，還是幫助人們締造健全道德人格的工作者。

當時，全班正在上下午的自習課，同學們都在低頭做作業，趙老師在講臺上批改昨天的作業，改著改著，她突然叫我名字。

「羅琦琦！」

我膽戰心驚地站起來，想著是不是自己的作業全錯了，可沒想到她冷笑著說：「日頭打西邊出來了，妳的作業竟然沒有一道做錯！」

我的成績不好，可那一天，不知道為什麼數學作業竟全部做對了。在我想來，做對作業總是一件好事情，趙老師即使不表揚我，至少也不該再罵我，我的心放下了一點兒，低著頭靜站著。

她問：「妳抄誰的作業？」

我驚愕地抬頭，愣了一會兒，才回答：「我沒有抄別人的作業。」

趙老師又問了我兩三遍，我都說「沒有」，她不耐煩起來，叫我上講臺。

我走到距離她一公尺遠的地方就畏懼地停住，腳再也挪不動。

她一把抓住我，把我揪到她面前，手指頭點著我的作業本，厲聲質問：「這道題妳能做對？這道題妳能做對？如果妳能做對這些題目，母豬都可以上樹了！」

幾個男生沒忍住笑出了聲音，我的臉剎那間變得滾燙，羞憤交加，第一次大聲地叫了出來。

「就是我自己做對的！」

在趙老師的心中，我向來是沉默寡言、逆來順受的，她被我突來的大吼驚得呆住，我也被自己嚇了一跳。

一瞬後，趙老師反應過來，被激出了更大的怒火，她手握成拳，一下一下地推搡著我的肩膀。

「妳再說一遍！妳有膽子再說一遍！是妳自己做的？學習不好也沒什麼，那只是人的智力有問題，可妳竟然連品德都有問題，又偷東西又撒謊，滿肚子壞水！」

在她的推搡下，我的身子踉踉蹌蹌地向後退，快要超出她胳膊的長度時，她又很順手地把我拽回去，開始新一輪的推搡。

「妳再說一遍！妳有膽子再說一遍不是妳抄的……」

我沉默地忍受著，任由她不停地辱罵，我就如孩子手中的雛鳥，根本無力對抗命運加於身上的折磨，只能隨著她的推搡，小小的身軀歪歪又斜斜。

講臺下面是無數顆仰起的黑腦袋，各種各樣的目光凝聚在我的身上，有害怕、有冷漠、有鄙夷、有同情。

突然之間，不知道為什麼，我覺得我受夠了，我徹徹底底地受夠了！我迎著趙老師的視線，很大聲地說：「我沒有抄作業！我沒有抄作業！」

趙老師呆住。

我竟然在全班同學面前挑戰她的權威，她本就是個脾氣暴躁的女人，此時氣急敗壞下，順手拿起我的作業本就搧向我的臉，另一隻手還在推我。

「我教過那麼多學生，還沒見過妳這麼壞的學生！這些作業不是妳抄的，我的『趙』字給妳倒著寫……」

我被她推著步步後退，直到緊貼著黑板，她竟然就追著我打了過來。

整個世界都在震盪，我只看見白花花的作業本搧過來、搧過去，而我背後緊貼著黑板再無退路，卻仍然一遍又一遍地嚷：「就是沒有抄！就是沒有抄！就是沒有抄！」

我的聲音越來越大，已經變成了聲嘶力竭的尖叫。

最後，我的作業本被打碎了，紙張散開來在講臺上落了一地。趙老師沒有了毆打的工具，不得不停下來，我仍倔強地盯著趙老師，一遍又一遍地吼叫。

「我就是沒有抄！就是沒有抄！」

我當時的想法很瘋狂，只想著「妳打呀！妳除了仗著妳是老師可以打我，妳還能做什麼？妳要是有膽子，今天就最好把我打死在這裡！」這樣的念頭。

我不知道趙老師是否從我的眼神裡看出了我的瘋狂，反正她停止了攻擊。

在講臺上呆呆地站了一會兒後，趙老師惡狠狠地說：「妳這樣的孩子我沒有辦法教了，我會打電話給妳父母。」

很奇怪的感覺，雖然她的表情和以往一樣嚴厲，可我就是感覺出她的色厲內荏，那一刻，我一直以來對她的畏懼竟然點滴無存，有的只是不屑。

我整理了一下自己的頭髮，冷哼了一聲：「請便！趙老師知道我爸爸的電話嗎？要是不知道可以問我！」

說完，沒等她說話，就走下了講臺，走回自己的座位，開始乒乒乓乓地收拾東西，收拾好書包後，往肩上一背，大搖大擺地離開教室。

同學們全都目瞪口呆地看著我，這一次，我沒有像以前一樣低下頭，躲開他們的目光，而是一邊走，一邊一個個目光冷冷地瞪回去。

看呀！你們不是很喜歡看嗎？那我就讓你們看個清楚、看個夠！

同學們看到我的視線掃向他們時，紛紛躲避，張駿卻沒有回避我的視線，他斜斜地倚坐在椅子上，悠閒地轉動著手中的鋼筆，目光沉靜地看著我，嘴角似彎非彎。

我走出教室時，毅然無畏，可等我真的逃出那個給我無數羞辱的學校時，我卻茫然了——大人們在上班，小孩們在上學，街道上很冷清，我能去哪裡？

我背著書包，悲傷卻迷茫地走著，經過幾個電子遊樂場。我知道那裡是被老師和父母嚴令禁止的地方，裡面聚集的人是父母眼中的「小混混」、老師口中的「地痞」、同學口中的「黑社會」，以前我都會回避，但是今天，我的膽子似乎無窮大，想去見識一下。

我挑了一家最大的電子遊樂場走進去，屋子裡充斥著濃重的菸味，很多男生趴在遊戲機前打得熱火朝天。從年齡上判斷，大多是國中生和高中生，還有少數幾個小學生，他們都很專注，看到我一個女生走進遊樂場，雖然很奇怪，可也不過是抬頭看一眼，就又專心於自己的遊戲。

一瞬間，我就喜歡上了這個烏煙瘴氣的地方，因為在這裡，沒有人用各種目光來看我。

十幾年前的電子遊戲比較單一，不外乎是打飛機、闖迷宮、殺怪物等簡單的遊戲。我站在一邊看了半天，不明白男生為什麼這麼熱衷於拿把機關槍跳上跳下地殺人，覺得很無聊。

突然聽到院子裡有人歡呼，我就順著聲音從側門走了出去。

空曠的院子裡擺放著兩張撞球桌。一張撞球桌前擠滿了人，圍觀的人都情緒緊張激動，後來我才知道那是在賭博。另外一張則只有兩個打球的人和一個看球的人。

為了招攬生意，別家的撞球桌都放在店門口，這家的撞球桌卻藏在店裡面，我當時也沒多想，站到那張人少的撞球桌邊看了起來。

其中一個打球的人俯下身子，撐桿瞄準球心時，笑著對旁邊看球的人說：「生意真好，連小學生都背著書包來光顧了。」

另外一個剛打過一桿的人這才注意到旁邊站著一個人，上下看了我一眼，說：「小妹妹，現在已經是放學時間，該回家了，不然老爸老媽就會發現妳翹課了。」

他的個子挺高，看不出年紀，雖然油嘴滑舌，但神色不輕浮。我那天也是吃了炸藥，不管人家好意歹意，反正出口就是嗆人的話。

「誰是你的妹妹？你如果是近視眼，就去配一副眼鏡。」

三個人都扭過頭來盯向我，另一個打球的剛想說話，高個子卻聳了聳肩對同伴說：「別跟小朋友認真呀！」然後彎下身子繼續去打球了。

他快速地架手、試桿、瞄準、出桿，一個漂亮的底袋進球，隨後直起身子，把球桿架在肩膀上，一邊尋找著下一個落桿點，一邊笑睨著我，似乎在問「這是近視眼能做到的嗎？」。

站在撞球桌邊看球的男子大約二十多歲的樣子，他彎下身子去拿放在地上的啤酒，我看到他身上的刺青突然間覺得不安起來，忙一聲不吭地轉身向外走。

我本來以為趙老師會向父母惡狠狠告一狀，父母會好好修理我一頓，可是回到家後，父親只是把那天的作業題拿給我，讓我重新做一遍。他看著我做完後，沒說什麼就讓我去吃飯了。吃完飯後，他們兩個在臥室裡竊竊私語了很久，大概在討論如何處罰我。

晚上臨睡前，母親柔聲說：「不管事情起因如何，妳當面頂撞老師是不對的，明天去學校時，和趙老師道個歉。還有，這支鋼筆是妳爸爸去北京的時候買的，現在送給妳，以後想要什麼東西和爸爸媽媽說就是了。」

我知道趙老師把上次我偷鋼筆的事件也告訴了父母，可母親不知道是顧及我的自尊還是什麼，竟然一字不問，我也懶得多說，拉過被子就躺下了。

母親還想再說幾句，妹妹在廁所裡大叫「媽媽」，母親立即起身，把鋼筆放在書桌上，匆匆走了出去。

我聽著廁所裡傳來的笑聲，用被子蒙住了頭，白天被趙老師辱罵痛打時我都沒有掉眼淚，可這會兒不知道為什麼，眼淚就嘩嘩地流了下來。如果外公在，他會不會很心疼我，會不會很肯定地告訴趙老師「琦琦絕不會偷人家東西」，我是不是可以在他懷裡哭泣？

Chapter 3

我變成了一隻四眼熊貓

討厭那個老師，所以不上他的課，成績差了，這究竟報復到了誰？孩子的反抗在大人眼中看來也許是可笑而幼稚的，可那是我們唯一知道的方法，悲壯得義無反顧。

雖然媽媽叮囑我要去向趙老師道歉，可是我沒有去，我對這個惡毒的老巫婆沒有任何歉意。

經歷了抄作業的正面反抗事件後，我對她的極度畏懼全部轉化為極度討厭，凡是她的課，我就公然趴在桌子上睡覺，或者看小說。她如果用粉筆頭丟我，我就高高抬起頭，惡狠狠地瞪著她——妳不是要我聽課嗎？那我現在就「全神貫注」地聽。

作業也不再自己做了，她既然認為我抄襲，那我也不能白擔了虛名，索性不再做數學作業，所有的作業都是抄的。

也許這世上的事情就是這樣，軟的怕硬的，硬的怕橫的，橫的怕不要命的。我當時人雖小，可對趙老師的恨絕對不小，又是一副豁出去不要命的樣子，漸漸地，她開始不再管我。

說來可笑又可悲的是，我第一次真想抄作業時，竟然借不到作業來抄。在這個班級裡，我沒有一個朋友，我能借作業的人就是我的前後左右，可他們全都不肯給我看。

正當我在心裡冷笑趙老師高看了我時，張駿大搖大擺地走過來，一聲不吭地把他的作業扔到我的桌上，我一時間沒有反應過來，盯著他的作業發呆。

他看我沒動作，以為我不想抄他的作業，沒好氣地說：「我抄的是陳勁的作業。」

陳勁是我們班的天才兒童，數學向來都是滿分，就算閉著眼睛考試，都能把第二名甩得老遠。

我立即翻開作業抄了起來，不知道為什麼，心裡明明很感激，可就是說不出來一聲「謝謝」，只是頭埋在作業本上，小聲說：「你寫的，我也會抄。」

他「哼」的一聲冷笑，也不知道究竟在冷嘲什麼。

我以為他已經走遠了，過了一會兒，他的聲音突然在我的腦袋頂上響起：「有妳這麼抄作業的嗎？拜託！妳能不能稍微加工改變一下？」

我立即手忙腳亂地塗塗改改，等我改好後，抬起頭想問他可不可以時，身邊卻早已空無一人。

隨著鄧小平的市場經濟改革，中國的南大門打開，神州大地開始經歷一場前所未有的變革。香港與臺灣的流行文化，先於它們的資金和技術影響著大陸。

我們這個年紀的人都曾迷戀過《楚留香》，鄭少秋飾演的楚香帥成為倜儻瀟灑的代名詞；萬人空巷地看《射雕英雄傳》，翁美玲幾乎成為所有八〇年代人的蓉兒；因為《上海灘》，很多女生對黑道的定義是周潤發。

我們都曾為了追看這些電視劇，和父母討價還價、鬥智鬥勇。我為了看《射鵰英雄傳》，晚上先裝睡，等父母都睡了，又偷偷爬起來，溜到客廳看電視，聲音開得很小，耳朵貼著電視看。

那時候看電視，不只是個人的事情，是集體行為，每天晚上看完後，第二天和同學熱切討論。所有電視劇的主題歌，竟然只靠聽，就能把歌詞全都記錄下來，然後傳唱。班級裡如果誰能第一個擁有電視劇歌曲的歌詞，那絕對是值得驕傲的事情，全班同學都會圍著你，向你討要歌詞。很多女生都有歌本，用鋼筆一字字抄錄好歌詞，旁邊貼著港臺明星的貼紙，把它裝飾得美美的。

在港臺歌手中，小虎隊絕對是其中最受歡迎的組合。隨著他們的貼紙和海報在班級裡流傳開來，女同學們都在談論小虎隊，三隻小虎各有支持者，到底哪隻小虎最帥氣，這是女生們常常爭論不休的話題。小虎隊的錄音帶在班裡傳聽，男生和女生都哼唱著〈青蘋果樂園〉、〈星星的約會〉、〈愛〉。

我的生活沒有朋友，所有的這些樂趣，我都是隔著一段距離在欣賞。

我唯一的朋友是書籍，各種各樣的書，只要能拿到手的，不管能不能看懂，我都會從頭翻到尾。天氣溫暖的時候，我可以在學校裡隨便找一個地方看書，可天氣寒冷時，我沒有地方能去。

後來我有一個奇怪的嗜好——經常去那個電子遊樂場看小說。花兩毛錢買一杯橘子晶[6]沖出的果汁，縮坐在屋子一角看書，隔一會兒喝一小口，保證離開前恰好喝完最後一口。其實，我一點兒都不喜歡那個橘子汁，不過在我小小的心裡有著奇怪的交換標準，我覺得我買了一杯果汁，就不是白占你的地方，我是花了錢的，那我就可以理直氣壯地坐在那裡看小說了。

時間長了，我漸漸認識了上次打撞球的三個人。

看球的那個就是這家店的老闆，姓李，周圍的人都叫他李哥；叫我小妹妹的那個少年叫許小波，在我們市最好的名校讀國中，大家叫他小波；另一個年紀比他大的姓翟，他們都叫他烏賊，在讀技校。中國的技校從某種意義上可以叫做「差等生集中營」，就是考不上高中，或者成績很差的學生去的地方。

剛開始我去店裡看書時，小波差點兒笑破肚皮，烏賊看著我，滿臉匪夷所思，一副「妳腦袋秀逗了」的表情，對我進行了瘋狂的嘲諷和打擊。可不管他們說什麼，我全當沒聽見，對於一個既不想回家，又不想待在學校的人，這個有暖氣的屋子無疑是個好去處，雖然有很多人，可這些人不會用看差等生和壞學生的目光看我，一切都讓我安心。

李哥倒是一副見慣風雲的樣子，並不介意我借用他的暖氣和燈光，只微笑著和小波說：「你的這位小朋友有點兒意思。」

有了老闆的默許，我更是心安理得地待在了這家遊樂場。

在遊樂場裡，我幾乎看完了家裡所有的書，像是《今古傳奇》、《紅樓夢》、《書劍恩仇錄》、《八仙過海》、《薛仁貴征東》、《薛丁山征西》、《薛剛反唐》、《楊家將》、《呼家將》等等。所有的書籍裡，我最喜歡一本殘缺的古龍小說，所以牢牢地記住了這個作者的名字。

我看書的時候常常廢寢忘食，有的書實在太吸引人，我會拿著手電筒躲在被子裡熬夜看完才甘

6 橘子晶又叫做橘子粉，是含有橘子果味的飲料。

心。隨著讀過的書越來越多，黑板上的字越來越模糊，等父親發現我看電視時要搬個小板凳、恨不得貼到電視機上時，才察覺我近視了。然後，他帶著我去醫院配了一副眼鏡。

當我戴著眼鏡走進遊樂場時，正在幫忙看店的小波愣了一下，裝作沒事發生一樣，忙著忙著，最後實在沒忍住，趴在櫃檯上笑起來，笑了一會兒後又直起身子，繼續若無其事地忙碌。

烏賊看到我時卻沒客氣，直接大笑起來對小波說：「這下子她不能再嘲笑你近視了。」

他們這群人裡面沒近視眼，我是稀有動物。從烏賊嘲笑我的話「知識分子呀！國寶！國寶！」中的「國寶」引申到熊貓，後來他就直接喊我「四眼熊貓」了，直到我長成一個二八少女時，他仍然當著一堆人的面叫我「四眼熊貓」。

在小學，感覺戴眼鏡的學生都是刻苦用功的孩子，諷刺的是，我這個倒數第一，卻是班裡最早幾個戴上眼鏡的「四眼」之一。有一次換了座位後，我和神童陳勁同桌，他那時剛戴上眼鏡，沒忍住地問我：「妳是怎麼近視的？」

我打了個哈哈，說：「看電視來的。」

因為我一拿起書，就渾然忘記外面的世界，我在小波和烏賊眼中就是一個只會看書的呆子。

遊樂場裡常常會放一些流行歌曲，有一次，放到小虎隊的〈青蘋果樂園〉時，我突然從書裡抬起頭，側著腦袋很專注地聽。

小波問我：「妳喜歡小虎隊？」

我搖搖頭，又點點頭，再搖搖頭。

其實，我連他們的錄音帶都沒真正聽過，哪裡知道自己是不是喜歡他們？

烏賊笑：「四眼熊貓看書看傻了，連喜歡不喜歡都不知道。」

我瞪他一眼，不吭聲。

我要走的時候，小波把一個半舊的錄音帶遞給我：「送妳了。」

錄音帶的封面是三隻小虎，我一把拿過來，欣喜地看了一會兒，卻又放下，沉默地看著他。

他笑著說：「這是給小學生聽的，我們不怎麼聽。已經舊了，即使妳不要，過幾天也不知道會被我們扔到哪裡去。」

我把錄音帶收到手裡，沒有說「謝謝」就跑出了遊樂場。那個晚上，我一直抱著我們家的小錄放音機聽小虎隊，把同學們哼唱的歌聽了無數遍，把我一直沒聽清楚過的歌詞全都聽得清楚明白。

在小虎隊的歌聲中，我有種恍惚的感覺，似乎我並不是被同學排斥的差等生。

妹妹聽到小虎隊的歌聲，第一次主動湊到我身邊，羨慕地問我哪裡來的。

我帶著微笑，驕傲地告訴她，是朋友送我的。

當我說出「朋友」二字時，心中有一種很莫名的溫暖。

當年，我不懂那是什麼，但潛意識裡卻知道，那是很珍貴、很珍貴的東西。

一個下午，我縮在遊樂場看書，周圍只有遊戲機運行的聲音，以及偶爾幾聲打輸遊戲的人滿懷怨氣的咒罵。

我愜意地端起杯子要喝橘子汁，忽然聽到外面傳來哭聲。那個可撼動天地、驚煞鬼神的哭喊聲太過熟悉，每每讓我老爸、老媽聞聲色變，一而軟，二而退，三而無所不答應——不是我那嬌氣的妹妹，還能是誰？

我鎮定地放下杯子，當作沒聽見，低下頭繼續看書。可是，這是外面的世界，妹妹的哭喊聲不能喊來爸爸媽媽，沒有人寵溺地滿足她一切的願望，所以幾分鐘後她仍在哭泣，而且哭得頗有上氣不接下氣、隨時暈倒的嫌疑。

烏賊實在受不了這個穿腦魔音，掀開門簾，朝外面看去。我的頭雖然還對著書，視線卻沒忍住地瞄向了外面。

兩個穿著國中校服，留著斜瀏海的女生把我妹妹堵在路旁，也許在勒索妹妹的零用錢，也許是妹妹得罪了哪個同學，同學請來「大姐大」給她一點兒教訓。

妹妹的同學哆哆嗦嗦地縮在一旁，一個屁也不敢放。那兩個女生正在對妹妹凶神惡煞地說話，可妹妹絲毫不理會她們說什麼，只仰頭望天，大張著嘴哭，場面極其怪趣。

根據我妹妹的風格，她們應該還沒有陳述完來意，剛露了點兒凶神惡煞模樣，她就開始仰天大哭了。她們兩個甜頭沒占到，卻已經惹得一堆人圍觀，她們一再喝令要妹妹住嘴、不許哭，可她們太不瞭解我妹妹了，妹妹不但不聽她們的，反倒哭得越發大聲。

其中一個略胖的女生大概覺得她們連一個小屁孩都搞不定，自己的面子受到嚴重打擊，羞惱之下，揚手就給了妹妹一巴掌。

我一直告訴自己「和我沒關係」，可當我看到她的一巴掌，在我警覺前，我已經如同一隻發怒的公牛般衝了出去。烏賊後來對我說，當時他只感覺到一股殺氣從他身側刮過，等他看清楚時，我已經放倒了一個女生。

我低著腦袋直接撞向胖女生，恰好撞到她的胸部。那個年紀的女生胸部正處於發育期，這一下狠撞，痛得她立即蹲在地上。

另一個女生愣了一會兒才反應過來，本來還在打量我是何方神聖，一看我個子比她矮，氣焰立即囂張起來，揚手想打我。我敏捷地躲開，隨後撲了上去，一邊用腦袋抵她，一邊拿膝蓋頂她。她的個子比我高，揪住了我的頭髮往上拽，第一次打架的我也立即從中學習，一把揪住了她的頭髮，用力地往下拽。

當時的感覺就是全身上下到處都疼，可我那股子不要命的狠勁又上來了，想盡了所有辦法打她，她拽我頭髮，那我就更用勁地拽她；她掐我，那我就更用勁地掐她。

當我們滾到地上時，她企圖用指甲抓我的臉，我也毫不示弱地用手抓她，甚至動用了口，惡狠狠地咬下去，然後無論她怎麼打、怎麼掙扎，我都不鬆口，即使嘴裡的血腥味越來越重，我還是不鬆口，就是用足力氣地咬。突然之間，她開始放聲大哭，哭得比我妹妹還大聲。

烏賊和小波一人抓住一個，把我們分了開來，我在被小波拖開時仍不停地蹬著雙腳，去踢已經被我打得大哭的國中女生。

烏賊和小波都傻傻地看著我，如看一隻小怪物。我的臉上、脖子上都有血痕，眼鏡已經被打碎，靠近耳朵的頭髮被揪掉一塊，而那個女孩子手腕上的一大塊肉險些被咬掉，血流得止都止不住，她的朋友嚇得臉色慘白，也哭起來，我卻隨意抹了把嘴角的鮮血，看著她們冷笑。

李哥查看了一下那個女孩的傷勢，神色猛變，立即騎上他的摩托車送女孩去醫院。

我妹妹這會兒反倒不哭了，整個人痴痴傻傻地站在一旁。

小波把我弄進遊樂場，一邊用碘酒替我處理傷口，一邊看著跟過來的妹妹，問：「她是你什麼人呀？」

我倒抽著冷氣，不情願地說：「我妹妹。」

「妳有妹妹？」

「妳有姐姐？」

小波的驚嘆和妹妹同學的驚訝同時出口，我撇過了頭，妹妹低下了頭。

因為我學習成績不好，外號又是「三隻手」，我這個嬌氣又愛面子的妹妹雖然和我同校，卻從不肯對別人說她有個姐姐，偶爾在校園裡撞見我，也總是趕緊轉頭看別處，裝作沒有看見我，我也樂得不認這個妹妹，反正我本來就不喜歡她。

我趕了妹妹先回家，自己窩在遊樂場發呆，這個禍闖得不小，我還沒想好如何面對父母。

烏賊突然拿出一把折疊刀來，手腕一抖就打開了刀：「妳打架的方法不對。」

他舞著刀向我做了幾個姿勢，正要細講，小波一把掐住他手腕，輕輕一翻，就從他手中將那把刀奪了過去，手指輕彈，刀就被闔攏。顯然，如果這是打架，烏賊即使有刀，也打不過小波。

小波把刀丟回給烏賊，沒好氣地問：「你犯什麼神經？」

烏賊嘿嘿地笑：「總比她用嘴強。」又半開玩笑地對我說，「妳要是認小波做哥哥，讓他教妳打架，以後肯定沒人敢動妳。」

我翻了個白眼，沒理會他，我現在的煩惱是如何面對父母，而不是如何打架。

一直等拖到不能再拖的時候，我才回了家。

家裡燈火通明，那個女孩的父母正怒氣沖沖地坐在我家客廳，她媽媽像一隻被開水燙到的青蛙，一面上躥下跳著，一面呱呱叫嚷斥罵我爸媽，而爸爸和媽媽頻頻向他們道歉。看到我進來，她媽媽的叫罵聲更加嘹亮，似乎我爸媽不當場把我殺頭正法，不足以洩民憤。

我沒理會她，逕自對著爸爸媽媽，大聲地將事情一五一十地說出來。我充分地發揮了虎頭蛇尾、避重就輕的策略，重點強調她女兒的同伴如何欺負妹妹、如何搧打妹妹，妹妹在一旁含淚點頭，再加上臉上還有一個五指印，可謂證據確鑿。

之後，她的叫嚷聲變小了，梗著脖子說：「我女兒不會做這樣的事情。」

我沒有反駁她的觀點，而是順著她的語氣，開始陳述本來她女兒一直都站在一旁，可是礙於同伴的教唆，最後也不小心打了我，而我完全是出於自衛的誤傷……總之就是我沒錯，她女兒也沒什麼大錯，最可惡的都是她女兒的朋友。

那個女人氣焰小了很多，坐在我家沙發上，一邊擦眼淚，一邊說她女兒傷到動脈，流了很多血，醫生說再晚一點兒送到醫院，性命都會有危險。

爸爸和媽媽又開始道歉，爸爸說公家報銷以外的一切費用都由我們家承擔，媽媽拿了不少營養品出來送給他們，說給他們的女兒補補身子，氣氛漸漸緩和，最後終於送走了他們。

這次差點兒鬧出人命，爸爸媽媽都被嚇得夠嗆，他們一致認為雖然我勇於保護妹妹是對的，可打架仍是錯的，所以讓我去跪了半晚上的洗衣板。

大人之間的問題在爸爸媽媽的委曲求全下順利解決，可孩子之間的問題還沒解決。

那個胖女孩既本著金蘭義氣想替朋友復仇，又要挽回面子，於是去外面找了兩個真正的太妹，要把我好好教訓一頓。

那一天，我剛放學，就發覺有兩個打扮得妖妖嬈嬈的女生在跟蹤我。沒吃過豬肉，也聽過豬叫，我立即明白是來打我的人，撒腿就跑。

我不敢回家，直接衝向遊樂場。當時的想法很簡單，回家的路越走人越少，而遊樂場人多，她們即使要打我，也不敢下重手。

我氣喘吁吁地跑進遊樂場，小波和烏賊都詫異地看著我。他們還沒來得及問我怎麼回事，兩個太妹就走了進來，一個堵我前面，一個堵我後面，顯然，這次不打算再讓我跑掉。我像被獵狗圍住的小狼，雖然害怕，卻不肯示弱，手緊緊地握成拳頭，眼睛直直瞪著她們。

她們正打算替我上一堂最基礎的江湖恩怨課時，烏賊敲著櫃檯，對著其中的一位，笑得很賊也很賤。

「學姐，看在同校的分上，友情提醒一聲，鬧事也要先打聽一下這是誰的店。」

其中一個容貌身材都很出挑的女生睨著烏賊，表情有點兒困惑，顯然並不認識烏賊，烏賊立即響亮地報上自己的名字和就讀的校名。

堵在我後面的太妹說：「真是妳學弟呢！」

妖嬈女一笑，問：「這是誰的店？」

烏賊報上了李哥的大名，妖嬈女臉上立即出現吃了一驚的表情，好一會兒後才回過神來，指了指我，笑著說：「不過她和你沒關係吧？」

女子的聲音很嬌媚，最後一個「吧」字更是迴腸蕩氣，烏賊差點兒酥到櫃檯底下，立即義正詞嚴地撇清關係。

「這四眼熊貓和我完全沒關係。」妖嬈女剛笑著瞟向我，烏賊卻又加了句，「和他有關係。」

女子的視線順著烏賊的手指飄向櫃檯正面，一個學生剛買了十塊錢的遊戲代幣，小波正低著頭專注地給他一個個地數著。

妖嬈女看了一會兒，轉過頭對我抱歉地笑：「小妹妹，不好意思，認錯人了。」說完，就拖著另一個女子離開。

烏賊大聲叫：「學姐，下次出來一起吃飯，地方隨妳挑。」

女子回頭，斜斜看了他一眼，然後笑著走了，烏賊笑得暈陶陶的，整天都神思不定。

我知道他們替我擋了一劫，心中雖然明白，但是說不出「謝謝」兩個字，只能採取另一種報恩方式——那天下午，我忍著心痛一口氣買了五杯橘子汁，去了無數次廁所。

烏賊不解地問我：「妳吃的菜放太多鹽了嗎？喝這麼多水？」

我瞪他，大喊：「要你管！」

小波卻是微笑地看著我，我明白他已看透我的小心思，只覺得不好意思，紅著臉，裝得若無其事地繼續看書。

經過此次一人放倒兩個國中女生的「戰役」，並且其中一個被打成重傷送進醫院，我在學校名聲大噪。

這個世界上的事情很古怪，比如，你欠別人五千元，你像是別人的孫子，你得求著他，可如果你欠了別人五十萬元的時候，那別人就變成了你的孫子，他得求著你。做壞學生似乎也是這個道理，如果你是一般的差等生，同學們都瞧不起你，喜歡時不時在你面前居高臨下一番，可如果你差得超出了一般境界，那麼事情會突然改變。

我現在就是這種狀況，以前有女生敢在我面前用我聽得見的聲音叫我「三隻手」，可現在就算在背後說起我，她們都會壓低了聲音。她們心裡仍然瞧不起我，可她們再也不敢流露出來，反而對我很有禮貌、很客氣。

有幾個學習成績也不好的女生還刻意和我親近，似乎要拜我做大姐。我覺得很好笑，也開始明白為什麼張駿不缺少同伴，他很早就壞得超出了一般壞學生的境界了。

Chapter 4

情竇初開

初戀，是一朵叫情竇的花綻放的剎那，沒有早一步，也沒有晚一步，它恰恰在那裡。情竇，是人世間最潔白純淨的花，一生一世只開一次，開時芬芳，謝時苦澀，從不結果。

新學期開學後，我升上了五年級，班裡調整了座位，我和天才少年陳勁坐在同桌。

隨著身體的發育成熟，我們對異性的感覺也在悄悄改變，班裡的男生和女生之間突然多了幾分神祕感。

上大學後，和同宿舍的姐妹交流，才知道雖然我們身處在祖國的大江南北，可我們小學時候的情竇初開驚人的相似。基本上在一個班級裡，全班的男生都會喜歡那兩、三個長得好看、能歌善舞，被老師喜歡的女生，而班裡的女生則毫無意外地全都喜歡兩、三個學習優異，被老師捧在掌心的男生。

結論就是，小學時代的喜歡和暗戀具有驚人的一致性。

在我們班裡，男生可選擇喜歡的女同學還有兩、三個，而女生幾乎全體都喜歡陳勁——沒辦法，此人風頭太勁。

好家世，父親是教育局的高官，母親是我們市裡電視臺的副臺長；人聰明，老師在上面講上句，他在下面講下句；多才多藝，會拉小提琴，每年文藝會演的時候，他的小提琴肯定能為我們班贏一個獎盃；偏偏性格還很跩，趙老師幾乎恨不得把他當兒子疼，可他對趙老師很冷淡，這在崇拜老師的小學生中實在太罕見了。

那時，我雖然看了一堆雜書，甚至《紅樓夢》都翻完了，可是非常詭異地，我仍然對男女之情沒開竅，每次看到女生藉故來問問題，占著我的座位不肯走時，我一點兒都沒看出其中蹊蹺，只覺得我們班的女生都挺認真用功的。

陳勁很聰明，也很早熟，對那些女生的小心思、小伎倆一清二楚，他享受著全班女生的愛慕，心裡卻對她們不耐煩。

有一次，他又被一個女生纏了半天，他一直風度翩翩地解答她的問題，直到上課鈴聲響起，女生不得不離開，等我回到座位，他很生氣地對我說：「妳的座位不要隨便給別人坐，要不然我花心思把妳安排到我旁邊的工夫就全白費了！妳就是看在每天間接抄我作業的分上，下次也要幫我擋開她們！」

我花了小半節課思考這句話，終於恍然大悟。

我說呢！我當時就奇怪，這麼一塊黃金地段怎會被我占據呢？原來如此！他是全班第一名，又是班長，一直都是三好學生[7]、優秀班級幹部，如果不給同學答疑解惑，肯定不符合他的光輝形象，可如果答疑解惑了，卻又不符合他的自私內心。

我們學校的傳統都是男女同桌，我是女生，符合坐他同桌的條件；我的學習成績最差，是壓根兒不學習的人，肯定不會問他問題。一個既不會打擾他，又不會損害他形象的最佳同桌就此誕生。

認清了這個老師、家長、同學眼中的優等生的本來面目，我沒覺得他比以前更討厭，也沒覺得他比以前更好。他就是一個叫陳勁的人，成績很好的神童，一個我的世界之外的人。

當時的我，作夢都沒想到，他不僅是我的小學同學，後來還是我的清華學長。

那一天，和以往的無數個平常日子一模一樣，一切都在按部就班地運行。不同處就是我起得晚了，又趕上來月經，我還沒習慣這個要每月拜訪我的大姨媽，等手忙腳亂地折騰完去上學時，已經遲到。

出門後，一直陰沉沉的天氣變得更加陰沉，天上堆疊著一層層厚厚的黑雲，似乎就要砸下來，完全看不到太陽的蹤影，雖然是大白天，可讓人覺得像傍晚。我的心情本就不算好，看到這樣的天色，想著我的遲到會讓班級扣分，影響班級拿流動紅旗，趙老師肯定不會給我好果子吃，心情更是低落。

因為已經不是上學、上班時間，我上學的路又不是主幹道，所以整條大街上空無一人，只有道路兩旁的柳樹隨著風狂亂地舞動著。我背著書包，正迎著風舉步艱難地走著，此時，天際連一點兒

7 三好：思想品德好、學習好、身體好。

電閃雷鳴都沒有，毫無預兆地就開始下冰雹，砸得人生疼，但我已經遲到了，不敢躲避逗留，仍然冒著冰雹向前跑。

隨著冰雹、風越變越大，我人小力弱，感覺每邁出去一步，就被風吹回來大半步，走了半天，似乎都還在原地。正在著急，突然一個人從後面趕上了我，抓起我的手，拉著我向前跑。

我驚了一下，看清楚是張駿後想張口說話，可一張嘴冷風就立即捲了冰雹入嘴，話沒說出來，反倒吃了一口冰。他一面跑，一面抿著嘴偷笑，顯然這就是他不說話的原因。

他高過我一個頭多，力氣又大我許多，我只覺得身上的壓力一鬆，天地間的風似乎都小了。他拖著我迎著狂風，在冰雹中跑著，我也不知道為什麼，心情突然就明亮了，似乎每一步都充滿了力量，冰雹砸在臉上也一點兒都不疼了。

等到校門口時，他自然而然地放開了我，笑著向我指指教學樓，示意我先去教室。

按照懲罰規律，老師的注意力會放在更過分的那個學生身上，他讓我先行，等於將遲到的懲罰全攬到自己身上。突然間，沒有任何原因，我覺得心怦怦直跳，臉像被火燙到一般，忙低著頭，拚命地跑向教室。很幸運的，因為冰雹關係，值勤的學生都已經回到各自的教室，我們並沒有被學校抓到遲到而導致扣分，只是被上早自習的老師抓住了而已。

國文老師正在斥責我，張駿又在教室門口懶洋洋地喊「報告」，果然，國文老師匆匆說了我兩句就讓我坐下，走到教室門口去訓斥行為更惡劣的張駿。

我匆匆打開課本，低著頭好似專心地看起來。聽到他和國文老師解釋遲到的原因，我的頭埋得更低，鼻尖幾乎要貼到課本上，一顆心慌亂得好似要跳出來，卻又甜蜜得好似要陷下去，就像小時候，吃酒心巧克力吃醉了，一時間覺得快樂得要飛起來，一時間又覺得難過得要死掉。

陳勁問：「妳怎麼了？」

我沉默地搖頭。

陳勁不屑地哼一聲：「書拿反了。」

我大窘，忙把書掉反過來，等我擺好書，陳勁卻在一旁壓著聲音笑，我定睛一看，發現此時才真正反了，又趕緊把書反轉回去。

陳勁在一旁嘲笑：「就妳這樣還撒謊，不過一句話就露了馬腳。」

我低著頭，不吭聲。

冰雹突然停了，就如它來時一樣毫無徵兆，似乎只是為了成全我們在冰雹下的牽手。

天仍然陰沉著，風卻漸漸小了，開始淅淅瀝瀝地下起雨。

下午快要放學的時候，我察覺出不對勁，感覺褲子有些濕，偷偷把手墊到屁股下抹了一把，手指上有淡淡的血跡，我又緊張又窘迫，不知道該怎麼辦。

班級裡發育早的女生，一年前就來了月事，發育晚的女生，還不知道女生每個月都要流血，這件事情在女生中都保持著神祕性。現在回想起來，我們這代人的成長，常常伴隨著尷尬，資訊不發達，獲取資訊的管道有限，父母又都羞於和兒女直接交流發育問題，老師更是談性色變。

大部分女生第一次來月經的經驗都是很不愉快的，驚慌、羞窘、困惑、害怕，甚至有人以為自己得了重病、要死掉了。

我的一個朋友告訴我，她小時候看到自己出血，以為自己得了重症，暗地裡痛苦得咬被子哭，表面上卻非常勇敢，像電視劇上的女主角一樣，在親人面前隱瞞住「病情」，不告訴爸爸媽媽，只是自己開始悄悄處理「後事」，把省吃儉用、辛苦積攢的貼紙和錄音帶都送給堂妹，囑咐她以後多來看看自己的父母。等真相暴露後，堂妹拒絕歸還貼紙和錄音帶，她動用了武力搶奪，堂妹被她打哭，她被媽媽打哭。

長大後，我們交流這些的時候，笑得肚子疼，當時的迷茫與苦澀卻是沉重的。

我的大姨媽已經來訪過一次，可我仍然沒有明白這是什麼東西，只是從媽媽刻意壓低的聲音，拽著我到廁所說話的態度，感覺出這個東西很見不得光，一定要悄悄處理。

現在這個見不得光的東西竟然染紅了我的褲子，我實在不知道該怎麼辦。如果我有要好的朋友，也許可以和她說悄悄話，可是我沒有，所以我只能坐在凳子上，一動不動。

漸漸地，班裡的同學都走了，只有張駿和兩、三個男生還在教室後面鬧騰，也不知道他們在鬧騰什麼。過了許久，他們終於也提著書包要走了。

張駿走到我的桌子旁，問：「妳不回家嗎？」

「過一會兒就走。」我緊張地盯著他，生怕他發現我屁股下的祕密。

如果說今天之前，他和別人都一樣，那麼從今天開始，我很害怕在他面前出醜。

他看著窗外的雨說：「我等妳一塊兒走，我下午剛去學校的福利社買了一把傘。」

我急得都快哭出來，說：「不用，你先走。」

「沒事，反正我也沒事。」他說著，竟然坐了下來。

我盯著他，他看著我。

我實在想不出來我能做什麼事，拿出作業本來做作業？別說張駿不信，就是我自己都不信。兩個人大眼瞪小眼，我不停地用手拽衣服，恨不得連整個凳子都包住。

很久之後，他用十分肯定的語氣說：「妳沒什麼事要做，那就走了。」

他一面說，一面拉著我的胳膊。我驚慌之下用力甩開他的手，繃著聲音說：「我不想和你一塊兒走。」

他一下子被傷到了，立即拎著書包出了教室，我看著他的身影消失在走道，想到他以後肯定都不會再和我說話了，再加上這個可惡的大姨媽，忽然就覺得無比傷心，眼淚一下子就掉了出來。

正嗚嗚地哭著，一個人影出現在我面前，我抬頭，看見是張駿。

他抓著腦袋，語氣是小心翼翼地溫柔：「是不是有什麼事情，讓妳不想回家？」

我用力搖頭，從來沒有一刻，我像現在這樣渴盼能在家裡。

「有人威脅妳，在校門口等著打妳？」

真是很張駿的問題！我傻了一下，繼續搖頭。

「妳別害怕啊，如果真有人威脅妳，我來保護妳，我打架很厲害的。」他說著話，掀開書包，給我看了一下裡面藏著的一截鐵鏈子。

我很犯愁，卻還是忍不住地想笑，他居然走到哪裡都帶著武器。

他看我笑了，也跟著笑起來，幫我拿起書包：「那我們走吧，不管誰想打妳，我都一定保證妳的安全。」

我立即拚命搖頭。他皺著眉頭凝視著我，完全不明白我到底怎麼了。

我想了一下，說：「我怕冷，你能不能把你的運動服借給我穿一下？」

「嘿，妳早說啊！」他立即把外套脫下來遞給我。

我穿上，慢慢地站起來，手偷偷去拽了拽，剛好把屁股遮住。

他沉默地走在我旁邊，舉著一把大黑傘，幫我遮著雨。兩人同在一把傘下，中間卻至少隔著兩、三個拳頭的距離，為了不淋著我，他只能盡量把傘往我這邊傾斜。

到了我家樓下，我背朝著牆，把衣服脫給他，像蚊子哼哼一樣，哼了聲：「謝謝。」

他的頭髮有些長了，又被淋濕，軟軟地搭在額頭上，髮梢上的雨珠閃著亮晶晶的光芒。他接過衣服，輕聲說了句「不客氣」，好似不好意思承受我的「謝謝」，一轉身，傘都沒打，就直接跑進了雨中。

直到看不到他的身影了，我才快速衝回家。晚上，肚子有些疼，媽媽給我熬了紅糖薑水，我喝過後躺在床上，只是一股勁兒地發呆，眼前都是張駿，想起他說「我會保護妳」的傻樣，我就忍不住地笑，心裡透著甜滋滋的味道，只覺得比所有吃過的糖都甜。

第二天早晨去上學時，在校門口碰到張駿，他大聲地和我打招呼，我卻是心撲通亂跳，迅速低下了頭，似乎頭抬高點兒，人家就會看出我的小祕密。

別的女生喜歡一個男生，也許會想著法子接近他、吸引他的注意，多和他在一起，我卻是相反的。因為喜歡張駿，我一見他就緊張，連話都不敢多說，可在暗中，卻又會時時刻刻留意著他的一舉一動。

我常常眺望他在足球場上奔跑，偷看他和同學們打鬧。我一面渴望著他的注意，一面卻又害怕著他的注意，他不看我時，我的目光總追隨著他，希望他能看我一眼，可如果他看我時，我卻總是趕在他發現前，匆匆躲避開他的視線。

那時候的喜歡很單純，不要求任何回報，只要看著他就會很開心，如果他偶爾和我多說句話，就會偷笑一整天。

Chapter 5

命運被扭轉

時間之內，你、我也許早已容顏滄桑，各自於天之涯、海之角。
時間之外，你、我依舊眉目晶瑩，並肩坐於那落滿桃花瓣的教室臺階上。

我和陳勁本來是兩條絕對不會有交集的平行線，可是因為他選擇了我當同桌，我們的命運就此有了交集。

雖然原因不同，但是陳勁和我都上課不聽講。不過他是好學生，只能面無表情地發呆，而我這個壞學生卻可以從發呆、睡覺、看小說中任意選擇。

那個時候，我正沉迷在書籍的世界中無法自拔，所以大部分的時間我都在看小說。陳勁發呆之餘，偶爾也會用眼角的餘光掃我一眼，大概是對我的孜孜不倦很困惑。

後來我們熟悉一點兒時，他問我究竟在看什麼書，當他聽到《薛仁貴征東》、《薛丁山征西》、《薛剛反唐》、《民間文學》等書的名目時，面部表情很崩潰，因為他全都沒聽說過，實在有負「神童」的名號。

當他聽到《紅樓夢》時，他的面色稍微正常了一點兒，不過緊接著又一臉不可思議地說：

「『少不看紅樓，老不讀三國』，妳爸允許妳看《紅樓夢》？」

我第一次聽到這種說法，愣愣地說：「我不知道，我爸爸不管我看什麼書，反正書櫃裡有，我就看了。」

他想了一會兒，同我商量：「把妳家的《紅樓夢》借給我看一下，我也借一套書給妳。」

我把《紅樓夢》帶來借給了他，人民文學出版社一九七九年版，一套四本。而他拿了一套上海古籍出版社的《詩經》給我。

他很快就把《紅樓夢》看完了，撇撇嘴將書還給我，一副不過如此的表情。他又翻了一下《薛仁貴征東》，還沒看完就扔回給我。從此之後，都是我借他的書看，他對我的書全無興趣，我的閱讀品味在他的無意引導下從下里巴人向陽春白雪[8]提升。

他借給我的《詩經》沒有白話注釋，我讀得很費勁，很多地方都看不懂，可他從不肯解釋，只告訴我，詩詞不需要每個字都理解，只需記住它，某一天、某一個時刻、某個場景下，其意會自現。我不知道這話是他的父親告訴他的，還是他懶得解釋的藉口。

因為讀得很辛苦無趣，所以我就不想看了，可陳勁在他無聊的神童生涯中，難得找到一個新的消遣嗜好，就是考我。他常常隨意說一句，要我對下一句；或者他誦一半，我背下一半。如果我對得出來，他的表情無所謂，一副理當如此的樣子；如果我對不出來，他卻會輕蔑地朝我搖頭。小孩子都有好勝心，何況是勝過一個神童，所以在他這種遊戲似的激勵下，漸漸地我把整本《詩經》都

8 「下里巴人」與「陽春白雪」皆出自《戰國・楚・宋玉・對楚王問》。前者指戰國時代楚國民間流行的一種歌曲，比喻通俗的文學；後者指戰國時代楚國的一種較高級的歌曲。比喻高深的不通俗文學。

背了下來。

剛開始，我只是他無聊時的一個消遣，但我的倔強讓他漸漸地意識到，我並不像其他的同學和老師，對神童有先天的崇拜情結。於是，我們倆開始有意無意地較量著。

上過早讀課的人大概都有過這樣的經歷，一篇要求背誦的課文，老師會給二十分鐘或者半個小時左右的時間，要求學生背下來，時間到後會抽查。在預定的時間內，誰先背會，就可以先舉手，背誦給全班聽，時間越短、精確度越高，越是一種榮耀。

陳勁從來不屑於參加此類較量，因為他的記憶力的確驚人，國語課本上的課文他全都能背，他曾半開玩笑、半炫耀地告訴我：「把國一的國文課本拿過來，我都可以背給妳聽。」所以，老師要求我們背誦課文的時候，他真的很無聊，同學們都在喃喃地背書，他卻捧著課本發呆。

不過，有了我這個不聽老師話的人同桌，他很快就擺脫了發呆的無聊。他把不知道從什麼書上複印的文章給我看，要求和我比賽，比賽誰在最短時間內背下這篇文章。

他找來的文章比課本有意思得多，我既是貪看他的文章，也是好勝，就答應了。從此，早讀課上，我們倆就忙著較力。比賽結果簡直毫無疑問，常常我才吭哧吭哧看了幾段，他就已經告訴我，可以背給我聽了。

我怎麼都想不通，他為什麼可以那麼快看完一篇文章。想不通，就不恥下問。

陳勁沒有正面回答我的問題，而是用他那獨有的不屑口吻解釋了一個成語：一目十行。

在老師口中，「一目十行」一直是貶義詞，被用來罵差等生敷衍讀書的態度，可陳勁說「一目十行」出自《北齊書·河南王康舒孝瑜列傳》，原文是「兼愛文學，讀書敏速，十行俱下」，並不是貶義詞，而是個徹頭徹尾的褒義詞，這個詞說的是一種快速的閱讀方法。

我一臉茫然，不知道他究竟什麼意思。他鄙視地看了我幾眼，對我不能一點就通的愚鈍很是不屑。當時正是課間十分鐘休息時間，他給我舉例子：「妳現在不僅可以聽到我說話，還可以同時聽到教室前面周小文在議論裙子、教室後面張駿的笑聲、教室外面男生的大叫聲。」

我傻傻點頭，只要注意聽，還不止這些聲音。

他說：「就如人的耳朵可以同時聽到四、五個人的說話聲，並且都能聽明白他們講了什麼。眼睛也是這樣的，我們的眼睛是可以同時看多行，並且同時記住那幾行的內容。其實人的腦容量非常驚人，一個人腦不亞於一個宇宙。多個人同時說話，人的清醒意識覺得好像是同時，其實對大腦而言，它會自動分出先後，進行捕捉和處理。

一目，是一種快速的意思，只不過折射到時間上，快到可以忽略不計。經過有意識訓練的大腦，它的處理速度遠遠超出人的想像。所以，一目十行，對大腦而言是有先後的，只不過對人的清醒意識而言，這個速度可以忽略到只有一目。」

他舉手在我眼前彈了一下指，對我說：「這一下，在佛經上已是六十個剎那，可對大腦而言，說不定已經被區分成上千個、上萬個時間段。我爸爸說，這世界上只有兩個實體存在的無窮，第一是人腦，第二才是宇宙。只要你相信它……」他指指我的腦袋，「用心地鍛鍊它，它就能做到。」

我很震驚，不過令我這個傻大姐震驚的原因不是陳勁講述的內容，而是他打破了老師話語的神聖性，竟然敢完全反駁老師對一目十行的定義。

震驚完了之後，我暗暗記住了他的話。我在閱讀小說的時候，開始有意識地強迫自己一目掃兩行，從兩行到三行、從三行到四行……

這個過程很痛苦，但是在好勝心的誘導下，不管多痛苦，我仍然強硬逼迫自己的大腦運轉到極限。不知不覺中，我的閱讀能力和記憶能力都飛速提高。

我和陳勁的比賽，從一面倒，變成了我偶爾會贏。陳勁每次被我刁難住時，表情就會十分豐富，故作鎮靜、滿不在乎、暗自運氣、皺眉思索、偷著瞪我……反正任何一種都比他平時的故作老成好玩。

五年級的第一學期，我過得很愉快，首先是趙老師已經不管我了，其次我初嘗著喜歡一個人的喜悅，再者陳勁真的是一個很有意思的同桌。因為這些，我甚至開始覺得學校也不是那麼討厭了。

五年級第一學期快要結束時，有一天的自習課，陳勁突然對我說：「我明天不來上課了。」

我以為他生病了，或者有什麼事情，趙老師又正坐在講臺上批改作業，所以只是輕輕嗯了一聲。他把我的作業本往他那邊抽了一下，示意我把腦袋湊過去。

他手裡拿著筆，在草稿紙上隨意寫著，好像在給我講題：「我媽很早就想讓我跳級，我爸一直沒同意。前幾天我媽終於說服了我爸。上週我已經去一中做過國中的試卷，國二的數學試卷我考了滿分，不過英語考得不好，只考了八十多一點兒。我爸爸和校長商量後，讓我下學期跟著國一學生開始讀，我媽讓我退學，利用這段時間把國一其他課程的書看一下。」

「你的意思是說，你再不來學校上課了？」

「是啊，給妳打聲招呼，趙老師還不知道，我媽明天會來學校直接和校長說。」

對人人欣羨的跳級，陳勁談論的語氣似乎並不快樂。畢竟他上學本來就早，現在再連跳兩級，比正常年齡入學的同學要小四歲。小孩子的四年，心理差距是非常大的。三十四歲的人也許不覺得三十歲的人和他很不一樣，可一個十四歲的國一學生卻一定會覺得十歲的小學三年級學生和他不是一個世界的人。

「神童」的稱謂在某種意義上是另一種意思的「另類」，也是被排斥在眾人之外的人。長大後，我偶爾會思考，陳勁當時的傲慢是不是和我的冷漠一樣，都只是一個保護自己的面具？

對於他的離開，我有一點兒留戀，卻並不強烈，畢竟陳勁和我本就不是同一個世界的人。

放學後，他背著書包，在講臺上站了好一會兒，沉默地看著教室裡同學們的追逐打鬧，他的眉宇間不見傲慢，有的只是超越年齡的深沉。

走的時候，他對我說再見，我隨意揮了揮手。

我趴在窗戶上，看到他背著書包，一個人慢吞吞地走過校園，邊走邊向周圍看，好似有很多不捨。周圍的男生都三五成群，勾肩搭背地走著，個子都比他高，越發顯得他矮小。

我一把拎起書包，飛快地跑下樓，追到他身邊：「我……我也回家，一起走。」

他眼睛亮了起來，臉上卻依舊是一副什麼都不稀罕的傲慢表情。

我陪著他慢慢地走出學校，一直走到不得不分手的路口，他和我揮手：「再見了。」說完，就大步跑起來。

我衝著他的背影揮揮手，一搖一晃地繼續走著。

我們每個人都如一顆行星，起點是出生，終點是死亡，這是上天早已替我們規定好的，可是，出生和死亡之間的運行軌跡卻取決於多種因素。我們在浩瀚的宇宙中運行，最先碰到的是父母這兩顆行星，繼而有老師、朋友、戀人、上司……

我們和其他行星相遇、碰撞，這些碰撞無可避免地會影響到我們運行的軌跡，有些影響是正面的，有些影響是負面的。

比如，愛了不值得愛的人、遇到一個壞老師、碰到一個刻薄的上司，這些大概算很典型的負面相遇。而遇到一個好老師、碰到一個欣賞自己的上司、交到困境中肯拉自己一把的朋友，風水學上把這類人常常說成貴人，其實貴人，就是很典型的正面相遇。

陳勁就是我的人生路上，第一個對我產生了重大正面影響的人，這段同桌的時間，他將我帶進了一個我以前從不知道的世界，雖然還只是站在門口，可是因為他的指點，我已經無意識地踏上了這條路。

但是當時的我並不懂得這些，他教授我的學習方法、他課間給我講述的故事、他考我的詩詞、他推薦我聽的樂曲、他敬仰的傑出人物……所有這些東西，在當時的我眼中只是小孩子之間的遊戲，不會比跳橡皮筋、打沙包更有意義，可實際上，他帶給我的東西潛移默化地改變了我的人生。

陳勁的突然離去，在我們班造成很大的轟動，那段時間，很多女生常趴在桌子上哭泣，真是一場集體失戀。

後來，不知道是哪個執著的女生打聽出了陳勁家的地址，全班女生都很興奮，開始攢錢，計畫每個人出五元，湊在一起買一件紀念品送給他。我沒參加，我的家庭並不富裕，我的零用錢有限，它們有更重要的用處，比如買橘子水。

可問題是我雖不富裕，卻也絕對不窮，很多家境不好的女生都竭盡所能、傾囊捐助，我的行為在好多女生眼中顯得極其不可原諒。因為這事，我又一次成了我們班的特例，全班同學都知道我不喜歡陳勁。在我們班女生心中，這句話最準確的表達語氣應該是「妳，竟然敢不喜歡陳勁？」。因為陳勁，我受到一次前所未有的孤立，全班女生幾乎都視我為仇。

當時我覺得她們都好討厭，現在想想，覺得這是多麼純潔樸素的感情，喜歡得絲毫沒有占有欲，甚至因為喜歡同一個人而更加親密，也只有小學時代才能有這種喜歡。

陳勁離開後沒多久，五年級第一學期結束了，女生們究竟買了一件什麼樣的禮物給陳勁，我不清楚，因為我在她們眼中沒有資格和她們一起喜歡陳勁，只知道她們的確在寒假時帶著禮物去了陳勁家，以至於第二學期的很長一段時間，她們談論的話題仍然是陳勁、陳勁的母親多麼漂亮、陳勁的父親多麼睿智、陳勁的家多麼華美、陳勁是多麼優秀。

第二學期開始時，我這顆小行星碰到了另一顆對我產生重大影響的大行星。

趙老師因為身體原因，這學期不能帶課，新來了一個師範學院剛畢業的高老師。也許因為是剛畢業的學生，她對工作有無限熱情和創意，上課的時候會講笑話和唱歌給我們聽，如果有人走神，她甚至會扮可憐，對我們說：「我知道數學很枯燥沒意思，可是我很努力想把它講得有意思，你們可以提意見給我，但是不許不聽講。」

高老師很喜歡笑，她從來不責罵任何學生，也從來不差別對待好學生或壞學生，甚至，我覺得她對壞學生更偏心，她對我們說話的時候，總是更溫柔、更耐心，好似生怕傷害到我們。

因為高老師，我不再抵抗做作業，可基礎太差，即使做了也慘不忍睹。但是，我發現每一次高老師都會把我的作業一道道仔細批改過，在旁邊詳細地寫上她對解答方法的點評。有很多我做錯的題目，她都會寫上表揚，稱讚我的思維方式很獨特。我第一次碰到做錯題還被表揚的事情，吃驚之餘，不禁對高老師有了幾分莫名的感覺。

她每一節課都會提問我，如果我回答出來了，她就會熱烈地表揚我，如果我回答不出來，她總是微笑著說：「妳仔細想一想，這道題目以妳的能力是能回答出來的。」然後就讓我坐下。

在大人眼中，孩子們似乎不懂事，可我們的心超出想像的敏感，高老師點滴的好，我已經全部感受到。

我就如同一株長在陰暗裡的向日葵，對陽光渴望了太長時間，正當我以為這個世界就是黑暗，我在所有大人眼中就是一個一無是處的人，不可能有任何一個大人給予我一點兒溫暖的關注時，高老師卻出現了。

她用信任期待的目光看著我，而我卻在遲疑，遲疑著是否應該信任她的友善。遲疑中，我沒有往好的方向努力，反倒變本加厲地變壞，上她的課時，我故意看小說，故意不聽講，故意亂寫作業。她說東，我偏往西；她說西，我就向東，我想用自己滿身的刺逼出她「真實的面目」。

我至今不明白當時的自己究竟是怎麼想的，只能約略推測出我在努力證明我的世界沒有陽光，讓自己死心，沒有希望就沒有失望，也許我只是在用另外一種方式保護自己。

可是高老師一直沒有被我逼出「真實的面目」，她用一顆父母包容孩子的心，包容著我一切傷敵更傷己的行為。

這中間發生了一件事情，澈底打消了我對她的懷疑。

學校為了讓高老師盡快摸清楚我們班的情況，在趙老師手術後休養期間，特意安排了趙老師和她會面，讓她瞭解一下每個學生的狀況。

我向來後知後覺，聽到這個消息時，趙老師已經坐在高老師的辦公室裡了，當時的感覺就是一桶冰水澆到身上，一切正在心裡醞釀的小火苗都熄滅了。

高老師的辦公室就在一樓，我鬼使神差地偷偷溜到辦公樓下，蹲在窗戶底下偷聽。我去的時候已經晚了，沒聽到趙老師究竟說了什麼，只聽到高老師很客氣地對趙老師說：「……每個人都會犯錯，犯錯並不是不可原諒的事情，羅琦琦和張駿都是非常聰明的學生……」

後面的話，我已經完全聽不到，我只覺得頭頂的天在旋轉，腦袋轟隆隆地響。從我上學的那天起，沒有任何一個人說過我聰明，我是木訥和愚蠢的代名詞，我肯定是聽錯了，肯定！

等我略微清醒，急切地想再聽一遍時，卻已經聽到高老師送趙老師出去的聲音。於是，我就在一遍遍「我肯定聽錯了」的聲音中，像個喝醉酒的人一樣走回教室。

我的理智對自己說「也許我沒有聽錯，是真的，我不是一個笨蛋」。可已經自卑太久的心靈完全拒絕接受，仍然一遍遍對自己說「聽錯了，肯定聽錯了」。

不過，不管究竟是聽錯，還是沒聽錯，我都決定要留住高老師眼睛裡的陽光。我太害怕讓她失望，怕她失望後會轉移開目光，所以，我上課再也不看小說，開始認真聽講。下了課，每一道作業題我都會認真地思考和完成，即使不會做的，我也會在旁邊寫明我是如何去想、如何去思考的，我想讓她感受到我的努力，讓她給我點兒時間。

我的數學成績以一日千里的速度上升，在五年級結束時，數學成績已經從不及格上升到了八、九十分，張駿的情況和我類似，不過我們的國文都太差，總成績排名仍不好。

即使是這樣的成績，已經讓父母高興得不得了，爸爸開完家長會後，興高采烈地和我說：「家長會結束後，高老師特意留下我，和我說『你的女兒羅琦琦非常聰明』。對了，高老師還想選妳去參加市區的小學生數學競賽，妳這個暑假也要去學校上課。」

那一刻，我才能肯定當時我沒有聽錯。

和我一同接受高老師輔導數學競賽的還有張駿。那個暑假，是我童年時代最暢意快樂的日子，每天睜開眼睛，就會覺得心裡充滿陽光。

每天早上我去學校，和張駿一起聽高老師講課，雖然我們不交談，可我們坐得很近，一個側眸就能看見他的微笑。

高老師也不站在講臺上，她隨意地坐在我們面前，在草稿紙上邊寫邊講。累的時候，我們三個會聊天，高老師會講一些她在北京讀書時的故事，我和張駿靜靜地傾聽。

有些時候，張駿會講述他在全國各地旅遊的見聞，他很會說話，旅途見聞被他說得活色生香。他講述他在武漢吃全魚宴，說得我和高老師都嚥口水，講述他在煙臺生吃海鮮，把浸過酒的活蝦丟進嘴裡時，蝦還在嘴裡上下跳騰，滋味妙不可言，聽得我和高老師咧著嘴搖頭。

張駿在老師面前從來沒有做學生的自覺，他說得高興時，會跳坐在桌子上，連比帶畫，神采飛揚，而我和高老師則坐在凳子上，仰頭看著他，聽他講話。

夏日的明媚陽光從窗戶照到他身上，映得他整個人熠熠生輝，我的心裡也是光華璀璨，我第一次知道幸福和快樂可以非常簡單，只需坐在那裡，安靜地凝視著他。

除了回答問題，大部分時間我都是沉默著，可我的沉默中洋溢著快樂，我喜歡聽他們說話。

上完課後，我和張駿結伴回家。

我們住在一條河的兩岸，說是河，其實不是真的河，是一條據說清朝時期就已經有的人工灌溉管道，不過我們都習慣叫河。為了能和他多走一段，我就說自己喜歡看水，常常和他沿著河堤，一塊兒走到橋邊，然後在橋邊分手。

我辛苦地創造機會和他在一起，可真在一起時，我又一句話都說不出來，只會沉默，常常都是張駿一個人講話，我專注地傾聽，他有很多好玩的事情，常常逗得我笑。

有時候他也不講話，我們只能沉默地走著。我很怕他會覺得我無聊，怕他以後放學時不想和我一起走，所以一旦他沉默下來，我就又拚命地想話題，卻不知道能講什麼，只能問他「你覺得今天早上的那道題有沒有更好的解決方法？」或者「昨天的那道題我又發現了一個方法去做」。

因此，我們兩個在學校頗有名氣的差等生，竟如同最熱愛學習的好學生一樣，孜孜不倦地討論數學題。而我在很多年後，才反應過來問自己，究竟是沉默更無聊，還是討論一道枯燥的數學題如何能多一種解法更無聊？

不過，也會有例外。

河裡的水比較淺的時候，我們會下河去玩，一起彎著身子，在河水裡翻來翻去，尋找漂亮的小石頭。累的時候，兩個人就並肩坐在大石頭上，腳泡在河水裡，一邊踢著水玩一邊休息。河水讓人放鬆，即使沉默，我也不再刻意找話，我們常常一句話都不說，就是曬著太陽，享受微風。

一起的時間過得總是分外快，我總會突然去抓他的手看錶，發現已經是午飯時間，然後急匆匆地跳起來穿鞋：「我要回家了，再見。」

而他則是懶洋洋地站起來，一邊穿鞋一邊說：「明天見。」

想到明天還能再見，我們還能一起走路，一起玩水，我就覺得無限幸福，走路都像在飛。每天早晨，我都是迫不及待地趕向學校，迫不及待地想要看到他，和他一起學習、一起玩。

有一次，他躺在石塊上睡著了，我一個人坐在旁邊踢著水玩，偷偷看他的錶，發現已經過了午飯時間，可他一直沒醒，我猶豫了一下，決定不叫醒他，反而拿著自己的涼帽，替他擋去陽光，由著他睡。

我舉著涼帽坐在他身邊，凝視著他睡覺的樣子，一隻手舉累了，就換另一隻手。我覺得我的心和夏日的陽光一樣明亮，和眼前的河水一般溫柔，只要他在這裡，我就願意一直守著他。

他睡了很久後才醒來，半支著身子坐起來，我立即把涼帽扣回自己頭上，眼睛看向遠方。

他看著我，微笑著說：「妳錯過吃飯時間了。」

我低下頭邊穿涼鞋邊說：「沒有關係。」好像很著急回家，其實，我是不敢看他。

我急匆匆地要走，他問我：「妳回家晚了，妳爸媽會罵妳嗎？」

我老實地回答：「大概會說我幾句，不過我不在乎。他們有時候有點兒怕我，不敢說重話。」

這話聽起來似乎有點兒匪夷所思，他卻好像能明白，沒什麼詫異表情，只是笑笑。

我走了幾步，突然想起他似乎從不著急回家。我回頭，發現他仍坐在石頭上，忍不住跑回去，站在橋上問：「你不回家嗎？」

他抬起頭：「我們家沒有人，我回不回家無所謂。」

我愕然，不是說他上面有四個姐姐，他是他父母好不容易得來的兒子，所以全家上下一起寶貝著他嗎？

「你不是有四個姐姐嗎？你爸媽呢？」

他笑著解釋：「我爸爸是做工程的，工程在哪裡，人就要在哪裡；我媽媽常年住在成都，幫我大姐帶孩子；二姐在深圳工作；三姐住電視臺的員工宿舍，正忙著談戀愛；四姐剛考上大學，去上海讀書了，家裡現在只有我。」

「那誰給你做飯吃？」

「有一個老家來的阿姨照顧我，不過她從不管我。」

我立在橋頭，沉默地站著。他仰頭看了我一會兒，溫和地說：「回家去吧，妳爸媽該著急了。」說完，站起來，準備離開。

我問：「你去哪裡？」

他攀著欄杆翻上橋：「去找朋友玩。」

我心裡很捨不得他走，很想說，我們一起去玩，可我嘴上說不出來，只能一步步地走回家。

暑假不上課的時候，我會去李哥的遊樂場看小說。

一個跑車[9]的朋友從新疆帶了一株葡萄藤給他，小波把它種在牆角，又用鐵絲和竹竿搭了架子，現如今藤架上已經一片碧綠，我喜歡坐在那裡看書。

李哥在忙新的生意，把整個店都交給小波和烏賊打理。有人買東西時，小波就出去看一下；沒有人時，小波就一邊打撞球，一邊和蜷在葡萄藤架下的我有一句沒一句地聊天。

隔三差五會有人來賭球，有時候小賭，有時候大賭。大賭的時候，李哥常常會清場，鎖住院門，派人守在店裡面，不許別人進來。

有一次清場子的時候，我正好在裡頭，小波沒趕我走，李哥和烏賊也就不管我，由著我自由進出。我在一旁看多了，漸漸看出了幾分門道。來賭球的人身上有紋著刺青、滿嘴髒話的人，可也有穿著精緻、客氣禮貌的人，「三教九流」這個詞語用在這裡應該挺貼切。

小賭的時候，我偶爾也會下注，小波同學很爭氣，從沒有讓我輸過錢，靠著他，我那微薄的零用錢在買了橘子汁後，還能買一些我喜歡的書和從附近的租書店租書看。

有了租書店，我開始能全套全套地看古龍，最喜歡《歡樂英雄》，看了一遍又一遍，只因為那裡面沒有孤獨。

看書看累了，如果沒有客人，小波就教我打撞球，一個姿勢一個姿勢地糾正。我的小腦不發達，體育課的成績一向不好，但是對這種半靜態的智力體育卻有點兒天賦，很快就打得有模有樣。

有時候李哥和烏賊都在，我們四個就坐在葡萄架下打雙扣[10]。剛開始李哥和烏賊都嫌我小不點，不願意和我一家，只有小波老好人，不計較輸贏，肯和我一家帶我玩。

輸了的人，要在臉上貼白紙條，我們倆常常輸得一張臉上，紙條都貼不下。等規則都熟透時，我打牌漸有大將風度，用李哥的話說，沉得住氣；用烏賊的話說，夠陰毒。小波打牌本就很有一套，再加上我的配合，我們倆常常打得李哥和烏賊滿地找牙。他們想把我和小波拆開，我不幹，以前瞧不起我，如今我才不要和他們一家！

李哥和烏賊都笑我記仇，我齜牙咧嘴地說：「不記仇的人也不懂得記恩。」管他們怎麼取笑，反正我只和小波一家。

有時候，我們四個竟然玩官兵捉賊，我最喜歡做打手，拿著鐵尺子逮誰打誰，烏賊總是耍賴，我就追著他打，葡萄架下，我們常鬧成一團。

我一改之前的乖巧沉默，開始愛笑愛鬧、張牙舞爪。烏賊總和小波抱怨，以為領養的是貓，不料卻是隻小豹子，小波聽了就嘲笑他：「誰叫你愛招惹她？」

打牌的時候，李哥他們喝啤酒，給我的飲料是健力寶[11]，那時候什麼可口可樂、百事、芬達、娃哈哈[12]都還沒有出現，這種冒著泡泡的橘子味碳酸水是我心中最高級的飲料。

後來，每當我回想起這個暑假時，總會情不自禁地浮現「悠長假期」四個字。我知道自己的假

---

9 跑車：在運行的火車、汽車上值班工作。
10 雙扣是主要流行於江浙一帶的撲克遊戲。遊戲打兩副牌。對家配合，遊戲的方法是配合的雙方要盡快將手中的牌出完，注意配合。當一方將牌出完，而另外一方的兩家都沒有出完，則叫雙扣成功了。
11 健力寶是一種含鹼性電解質的運動飲料，為中國大陸著名運動飲料品牌。
12 娃哈哈合資公司，中華人民共和國最大的食品飲料生產企業，全球第五大飲料生產企業。

期和日劇《悠長假期》絲毫不搭邊，可我在隔著歲月的悠悠長河想起這個假期時，眼前總會有明媚燦爛的陽光、波光粼粼的河水、翠綠的葡萄葉、愉快的笑聲、嘴裡清甜的橘子香、幾個好朋友，還有一個我喜歡的男生。

Chapter 6

外公的去世

時光是剎那的、短暫的，所以，那些愛與溫暖，總是分外匆匆，未及珍惜，轉眼已逝。
時光又是永恆的、漫長的，所以，那些愛與溫暖，總是永刻心底，一生一世，無法忘記。

不知道從哪裡開始流行起來的，等我知道的時候，班上不管男生女生都已經在溜冰。一到課外活動時間，教學樓前的水泥地上都是溜冰的同學。那個年代的溜冰鞋很簡陋，就是四個輪子固定在鐵片下，再加上軟皮革和帶子。鐵片可以伸縮調節大小，不用脫掉鞋子，直接把溜冰鞋固定在自己的鞋子外面就可以滑了。

班級裡有溜冰鞋的同學不多，所以大家都圍著這幾個同學，排著隊輪流借著玩。這些時髦玩意，張駿向來不落人後，在別的男生還穿著溜冰鞋顫顫巍巍地學走路時，他已經能倒著滑了。他一下子變成最受女生歡迎的男生，因為女孩子既要借他的溜冰鞋，又要他教她們滑。

我遠遠地看著他們在水泥地上翩然起舞，心底深處有著渴望，卻又表現出絲毫不感興趣的樣子，我不想為了一雙溜冰鞋討好任何人，即使那個人是張駿，或者尤其那個人是張駿。

媽媽接到一封電報後突然說要回老家，囑咐我和妹妹聽爸爸的話。我問她可不可以帶我一塊兒回去，她說我要讀書，不能曠課。我晚上熬夜寫了一封很長的信，告訴外公我一切都很好，有一個高老師對我很好，誇獎我聰明，同學都很喜歡我，我有很多朋友，我已經讀了很多書，我會很快就長大，等長大了，我就去看他，陪他去釣魚……

第二天，媽媽就匆匆走了。我期盼著她回來，想像外公會給我帶什麼東西，也許是一雙溜冰鞋，我會滑得很好很好，讓張駿大吃一驚。

一個多星期後，媽媽憔悴地歸來，整個人瘦了一圈，我纏著她問：「外公看到我的信了嗎？他給我帶禮物了嗎？他說了什麼？」

爸爸把我拽到了一邊，告訴我：「妳外公得了食道癌，已經去世了，媽媽很傷心，不要再纏著她提外公。」我木然地看著爸爸，爸爸給了我五塊錢，說：「妳自己出去玩吧，肚子餓了就去買東西吃。」

我捏著錢走出了家門，空落落的天地間，我不知道能去哪裡。

外公去世了？去世了就是這個人從世界上消失了，我以後再也見不著他了！我渴望著長大，因為長大後可以回到他身邊，現在我該怎麼辦？我長大後該做什麼？我能去哪裡？

小波正在遊樂場門口掃地，看到我晃過，笑著問：「妳怎麼了？怎麼眼神都是直的？」

我說：「我請你去吃羊肉串。」

他愣了一下，我和他都是小氣鬼，很少亂花錢，幾乎從不吃零食，我是為了看書，他卻似乎有存錢的癖好，今天我竟然轉了性，大方起來，他馬上把掃帚立到牆角，歡呼：「好啊！」

我們走到街角的羊肉串攤前，我把五塊錢遞給烤羊肉串的人，說：「二十串羊肉串，十串辣椒少，十串要放很多辣椒。」

「再放點兒辣椒，再放點兒辣椒……」在我的再放再放聲中，我的羊肉串幾乎成了烤辣椒串。

我們拿著羊肉串邊走邊吃，一入口，我就被辣得整個嘴巴都在打顫，我卻一口一口地全部吃了下去。小波拿著自己的羊肉串，沉默地看著我。

羊肉串吃完，我一邊擦眼淚，一邊說：「真辣呀！」

眼淚卻怎麼擦也擦不乾淨，就如決堤的河水一般，全部流了出來，並且越流越大，我覺得十分尷尬，拔腳就要跑掉，小波卻抓住了我的胳膊，帶著我從後面的院門進入院子。

我站在葡萄架下，面朝著牆，眼淚嘩啦嘩啦地往下掉，他坐在撞球桌上，沉默地看著我。我不知道自己哭了多久，應該很久，因為中間烏賊進來過一次，被小波趕出去了，還有幾個人想賭球，也被小波回絕了。

等眼淚掉完了，我用袖子擦擦臉，轉過了身子。

小波問：「肚子餓了嗎？我請妳去吃牛肉麵。」

我點點頭，兩個人去吃牛肉麵。

在牛肉麵館，我埋著頭告訴他：「我外公去世了。」

他沉默著，我又說：「爸爸媽媽以為我年紀小，不記得了，其實我都記得，所有和外公有關的事情，我都記得，因為我每天都會想他。」說著說著，我的眼淚又在眼眶裡打轉，我不敢再說，繼續用力吃麵。

吃完麵，小波帶我去小賣部[13]，說：「我想買些零食回去吃，妳覺得什麼好吃？」

我沒有絲毫猶豫地指向了巧克力，說：「酒心的更好吃。」

「有酒心巧克力嗎？秤半斤。」

小波買了半斤酒心巧克力，自己吃了一顆，也請我吃。我剝了一顆，放進嘴裡，心裡依舊是苦澀的，嘴裡卻滿是香甜。

晚上回家後，媽媽把一套手抄的《倚天屠龍記》交給我：「這是妳外公抄錄的書，本來外公給妳留了幾萬塊錢……」媽媽輕嘆口氣，「媽媽只把這個給妳帶來了，妳好好保存。」

媽媽的憔悴與疲憊壓得她整個人顯得又黑又瘦，她不知道我的哀傷，我卻能理解她的悲傷。

我輕聲說：「妳早點兒睡覺。」

媽媽摸了摸我的頭，出了屋子。

我翻開了《倚天屠龍記》開始看，雖然已經看過《書劍恩仇錄》的書、《射雕英雄傳》的電視劇，可金庸的名字對我而言仍很陌生，《神雕俠侶》我也沒看過，所以看到郭襄騎著青驢浪跡天涯，雖覺得心有戚戚焉，卻是糊裡糊塗。

讀到第三章時，起首第一句話：「花開花落，花落花開。少年子弟江湖老，紅顏少女的鬢邊終於也見到了白髮……」我突然心中大慟，字跡宛然，人卻已不在！從沒有一刻，像現在這樣活生生地體會到了時間的殘酷無情。

我立即闔上了書，再沒有往下看。上了大學後，才敢接著讀完《倚天屠龍記》，也才真正知道，一個我愛了多年的女子——郭襄，在這個故事中，竟然連配角都不是。

我仍然和以前一樣上學放學，可是眼睛裡面看到的世界和以前有點兒不一樣了。我常常半夜裡驚醒，躲在被子裡哭泣，我瘋狂地懷念外公，想念他給我買的酒心巧克力，想念他身上淡淡的墨香，還有他溫和寵愛的目光。

我非常清楚知道，這世上，再沒有一個人會如他一般，對我無所保留地溺愛了。

我的同學們仍在無憂無慮，而我已懂得了失去。

這世上，原來擁有時有多幸福，失去時就會有多痛苦，老天給你多少，就會拿走多少。

週末，我拿著瓊瑤的《雁兒在林梢》去遊樂場。

小波、烏賊和幾個兄弟正在門前鋪水泥，我問他們做什麼，烏賊說是小波的主意，門前鋪上水泥，既容易打掃，又容易保持乾淨，到了夏天，搭個遮陽棚，就可以兼賣冷飲。

我在一旁看了一會兒後，就跑到院子裡看書去了。一整本《雁兒在林梢》看完，我望著頭頂的

13小賣部：小型雜貨店，在公共場所中的販賣部，近似福利社，以糖果、零食、菸等為主。

葡萄發呆，思考著小說裡的男人真的存在嗎？會有一個人這樣愛我嗎？想到張駿，我有喜悅、有惆悵，還有隱約的幻想和期待。也許將來有一天，他會愛我，就如小說中的男主角愛女主角一般。

隔天再去遊樂場時，門前的水泥地已經乾了。烏賊和小波正在溜冰，兩個人溜得都很好，我吃驚地瞪著他們。

有人來買遊戲代幣，烏賊脫下溜冰鞋遞給我：「四眼熊貓，我要去看店，給妳玩了。」

我看著眼前半舊的溜冰鞋，無限欣喜中有些手足無措。

小波坐到我旁邊，幫我調整溜冰鞋的大小，說：「試一下。」

我如穿水晶鞋一般，小心翼翼地穿上溜冰鞋，感覺腳底下的輪子直打滑，站都不敢站起來。小波伸手過來讓我扶著他，顫顫巍巍地站了起來。

他傳授著經驗：「先學習滑外八字，一腳用力蹬，另一腳借力往前滑。剛開始時，如果不會控制平衡，就雙腿微彎，盡量把重心放低，記得身子要前傾，這樣即使摔倒了，也有胳膊撐著，不會傷到頭……」

我在他的攙扶下開始溜冰，奈何我這人真的是小腦極度白痴，完全掌握不了要領，常常摔跤。有時候，小波能扶住我，有時候，他不但扶不住我，還被我牽連一起摔倒。

烏賊坐在門口大笑：「四眼熊貓怎麼這麼笨？我溜了三次就會了，她這樣要學到什麼時候？」

我瞪他，他卻依舊笑。小波安慰我：「慢慢來。」

我們就在烏賊的嘲笑聲中，一跤又一跤地摔著，我摔得胳膊都青了，小波被我拖累也帶了傷。

烏賊搖頭笑：「太可怕了！小波自己學的時候，沒摔兩次就學會了，現在教妳這個大笨蛋比自己學的時候還摔得多，打死我也不去教女孩子學溜冰。」

練了一個多小時，我卻連自己站著都還有些膽怯。

烏賊齜著牙，不停地打擊我、羞辱我：「太笨了，李哥還說妳聰明，聰明個屁！」

我不吭聲，脫下溜冰鞋，默默坐到院子中去看書，眼睛盯著書，腦海中卻浮現著張駿牽著女生翩然而滑的樣子。

小波進來看我，問：「生烏賊的氣了？」烏賊也站在門口看著我。

我「哼」了一聲，不屑地撇撇嘴：「我能背下整首〈春江花月夜〉，他可以嗎？」

烏賊「操」的一聲，衝我揮了幾下拳頭，轉身進屋子裡去了。

小波笑了笑，問我：「妳還有勇氣練習嗎？」

我也笑了笑，回他說：「為什麼沒有？愛因斯坦做到第三個板凳才勉強能看，別人學三次就會了，我大不了學十次、百次吧！」

「好，我明天繼續教妳。」

「不用你教。」

小波困惑不解，我說：「你能告訴我的已經都告訴我了，之後靠的是我自己練習。」

小波默默地看了我一會兒，笑著說：「那也好，溜冰鞋都放在院子裡，妳想練習的時候自己去拿就是。」

從此之後，遊樂場前就多了一道風景。每天中午，我一吃過午飯就會跑去練習，晚上也會練習，週末也會練習。我牢記著小波的傳授，摔跤可以，但是不要摔到頭，因此每次摔倒時，我都記得用手保護自己，大概因為經常用手撐地面，感覺自己的胳膊都摔短了。

我不記得到底摔了多少跤，只記得那段時間，我走路的時候都是打著擺的，手掌上全是傷，有一次摔下去時，大拇指折到了，很長時間都伸不直，可我依舊照練不誤。

我的堅韌與執著，讓烏賊大為吃驚，看我摔得太慘，他還特別和小波說，讓小波勸勸我。其實，並不是我多麼喜歡溜冰，只是因為我腦海中有一幅畫面，在畫中，張駿牽著我的手翩然滑翔。

在與溜冰鞋的辛苦搏鬥中，外公去世的悲痛漸漸沉澱到心底，肉體上的勞累讓我一上床就睡得死沉，再沒有半夜醒來哭泣過。

幾個月過去，礙於天資所限，我溜得還是稱不上瀟灑飄逸，不過也有模有樣了。正當我決定開始要學習倒滑，也決定揀一個合適的時機在學校裡威風一下時，突然發現，同學們早就不溜冰了。

它就如一陣風，來得突然，去得也突然，我這個反應總是比別人慢很多拍的人，在別人已經玩得熱火朝天時，我才留意到，而等我學會時，大家已經不愛玩了。

我原本一腔熱血，卻突然無處可灑，最後茫然若失地拋棄了溜冰鞋，向小波學習倒滑的事情自然也不了了之。

Chapter 7

還未戀愛，就已失戀

我可以鎖住日記本，卻鎖不住我的心。
我可以鎖住我的心，卻鎖不住愛和憂傷。
我可以鎖住愛和憂傷，卻鎖不住追隨你的目光。
多年後，我可以雲淡風輕，微笑著與你握手，再輕輕道別。
而那個未及出口的字，你永不會知道，它被深鎖於滔滔而逝的時光河底。

我在租書店老闆的推薦下，從瓊瑤開始，一頭紮進了言情小說的世界。

那個時期的臺灣言情小說，描寫女主角時，不流行講此人有多麼美貌，而是喜歡形容此人多麼有氣質，多麼與眾不同。我知道自己的長相並不出眾，所以我常常思考什麼是氣質，偷偷地在心裡渴望著擁有氣質，能像言情小說中的女主角一般相貌平凡、家世平凡，卻靠著某種難以言喻的氣質讓男主角對我留意。

可「氣質」二字實在太抽象了，觀察周圍所有受男生歡迎的女生，我覺得她們打扮長相也許各有不同，但有一點很相同，就是她們真的都長得挺好看。沒看到哪個女生長得普通，只因為有漫畫少女般的笑容就讓男生都喜歡她。

正當我對「氣質」二字百思不解時，老天把答案和打擊一同送到了我面前。

我想我一直是自卑的，可是，高老師的出現，讓我的世界被投射進陽光。張駿的友好，讓我不自禁地渴望著更多，甚至一廂情願地幻想著命運的安排——為什麼只有他和我被高老師看中？為什麼只有他和我一起上補習課？為什麼他會幫我撿石頭？為什麼他今天和我說話了？為什麼他不向他的同桌借橡皮擦，要來和我借？為什麼他今天走過我桌子旁邊時，回頭看了我一眼？為什麼……

在無數個為什麼中，所有的日常瑣事經過我左分析、右分析，沒有意義也被我分析出了意義，我總覺得這些都是一種跡象，都暗含著將來，似乎是命運在告訴著我什麼。我隱隱地渴望心底的幻想變成真實。我喜歡用撲克牌算命，一遍遍算著我和張駿的命運，如果是好的，我就很開心；如果不好，我就重新洗牌，覺得肯定是剛才牌沒洗好，算得不準。

也許這無數多的為什麼的答案非常簡單，他走過我桌子旁回頭看了我一眼是因為我臉上濺了一滴墨水，他向我借橡皮擦是因為他同桌的橡皮擦不見了……可當年的我不會這麼想，所以，所有的一切都在我一廂情願的幻想中，被我鍍上自己所期望的夢幻色彩。

正當我懷著一顆忐忑不安的心，小心地觀察、小心地企盼、小心地接近他時，一個轉學來的女生改變了一切。

當她隨著國文老師走進教室，站在講臺上向大家落落大方地微笑時，我終於明白了言情小說中的「氣質」二字。

老師說她叫關荷，真的人如其名，一朵荷花。後來，我走過很多城市，到過很多國家，見過很多美女，但是每次回想起美女時，小關荷總會第一個跳入我的腦海。

她穿著紫羅蘭色的大衣，頭上戴著一隻紫色蝴蝶塑膠髮飾，烏黑的直髮順服地披在肩頭。她的五官並不比班裡漂亮的女生更漂亮，可她身上有一種我從來沒見過的感覺，令我不自覺地注目。

面對陌生的班級，她既不害羞地躲藏，也不急於融入地討好，只亭亭玉立於水中央。

在往後的日子裡，關荷展現出難以言喻的魅力。她學習優異，第一次考試就奪得了全班第一；她多才多藝，元旦的班級聯歡會上，以一曲自拉二胡自唱的〈草原之夜〉讓老師和同學們都驚為天人；她做的壁報一舉扭轉了我們班常年輸給二班的慘狀。

可她沒有絲毫其他女生的驕傲，她總是笑容親切、聲音溫柔，她對老師不卑不亢，對同學謙虛有禮，不管男生、女生、好學生、壞學生都為她的風采傾倒。

都說女生之間很難有友誼，我們班的女生也一再驗證著這句話，一會兒親密得形影不離，一會兒又在背後說對方的壞話。可是關荷成了一個例外，不但全班的男生喜歡她，就是全班的女生也都喜歡她，甚至如果一個女生說了關荷的壞話，其餘女生會集體和她絕交。

漸漸地，即使以前最驕傲、最喜歡嫉妒的女生也開始討好關荷，而關荷對所有人的態度都一樣，她對所有人都很好，只要需要她的幫助，她一定做到，可她對所有人又都很疏遠，沒有一個真正意義上的「好朋友」。

但也正是她這種既親近又疏離的態度更讓女生瘋狂，每個女生都爭著對關荷好，都想讓自己成為關荷的好朋友，甚至向別人吹噓關荷其實和她更要好，似乎能得到關荷青睞的人就會高人一等。

我目瞪口呆、匪夷所思地看著關荷以迅雷不及掩耳之勢，所向披靡地征服了我們六年一班所有男男女女的心。憑心而論，我也喜歡她，因為我相信以我們班那幫八卦女生的碎嘴，我的所有醜事都逃不過關荷的耳朵，可是她對我的態度一如對其他同學，既不親近，也不排斥。

有一次我把墨水滴到衣服上，她看見了，主動告訴我把米飯粒塗在墨水痕跡上輕輕揉搓，就會比較容易洗乾淨。

關荷真是一個讓人非常舒服的女生，她有絢爛的光芒，但是她的光芒是溫和的，不會如神童一樣刺傷別人，而且她給人的感覺更真誠寬容，會讓你不知不覺中就喜歡上她，想親近她。我有時會非常無聊地想，如果陳勁還沒有跳級，不知道他們兩個「王」對「王」誰會勝出，還是彼此間冒出火花？

在這場席捲全班的「愛荷風潮」中，張駿也未能倖免。我常常看見他和幾個哥兒們去找關荷，也常常看見他主動幫關荷做值日，常常看見他和關荷有說有笑。

在仔細打量完關荷之後，再審視自己，我悄無聲息地縮回了自己的殼裡。

有一次，我們上完數學競賽的補習課時，他問我：「如果男生想追女生，該送她什麼？妳們女生一般都喜歡什麼？」

我呆呆地看著他，胸膛裡的那顆心，痛得似乎就要凝結住，卻仍掙扎地跳著，咚咚、咚咚、咚咚……聲音越來越大，我的胸膛都似要被跳破，可他一點兒都聽不到，仍苦惱地抓著腦袋問我。

「電視上的女生都喜歡花，妳覺得送花如何？」

我低下頭，抱著書本，留下一句「我不知道」，便飛快地走向教室。

沒多久，我就聽聞張駿向關荷告白了，關荷有禮貌地拒絕了他。班級裡的女生說得有鼻子有眼，似乎當時她們就在跟前，目睹了一切的發生。關荷被描述得風姿飄然，高貴如天鵝，張駿則被說得不自量力，雖不至於如癩蛤蟆，可在眾位女生的口中，張駿的被拒絕簡直理所當然。

我沒有半絲高興，反倒滿心都是悲傷，哀憫他，也哀憫自己。那段時間，我常常一個人窩在遊樂場的角落裡發呆，想著關荷的風華，就忍不住地鼻子發酸。如果她是荷塘中最美的那一株荷花，我就是長在荷塘邊泥地上的一棵小草，不管怎麼比，我都沒有一點兒可以比上她。

烏賊他們都太習慣於我的手不釋卷，如今我突然不看書，烏賊甚至有點兒不適應，他三番五次地問我：「四眼熊貓，妳怎麼了？是不是沒錢了？要不要哥哥支援妳？」

我不理他，他如往常一樣毫無顧忌地開玩笑，可這次竟然瞎貓逮住了死耗子，正中我的痛處：「四眼熊貓在思春？四眼熊貓失戀了？」

我抓起書包，跑出遊樂場。不過才半年，陽光仍然是燦爛的，可我以為才剛剛開始的悠長假期卻已經結束。

今夜，窗外細雨紛飛。在燈下輕輕翻開同學錄，以為永不會忘記的容顏，已經模糊。以為早已丟掉的那張字條，竟夾於書頁內。

今夜，窗外細雨紛飛，和那年我們揮手分別時，一模一樣，漫天雨絲唱的是一首，我們當年未曾聽懂的，匆匆，太匆匆。

全市有很多所小學，我們學校只有五個參加數學競賽的名額，我和張駿就占了兩個，不少老師都頗有想法。高老師為了讓我和張駿能參賽，頂著很大的壓力，幾乎在用自己的職業前途做賭注，可她卻一再對我們說，盡力就好，競賽只是一種學習的過程，只要覺得自己有所獲得，得獎與否並不重要。

士為知己者死！

我不介意做差等生，也完全不在乎什麼數學競賽，可是我非常、非常害怕自己會令高老師失望，更怕因為我的無能，讓別人傷害到高老師，所以我的心裡憋著一股勁，覺得只有得獎才能報答高老師的知遇之恩。

競賽前的一個月、每一天，我都要和一個我喜歡，卻不喜歡我的男生在一起學習，高老師還要求我們彼此探討，盡量放開思維。

就在不久前，這還是我心中最甜蜜的事情，可現在，無望的痛苦時時刻刻都啃噬著我的心，而我仍要咬著牙，努力地聽清楚他說的每一個字，告訴自己一定要得獎！

每一天，我都像發了瘋一樣做習題，我放棄了生活中其他的一切，每天清晨一睜開眼睛，就是競賽；每天晚上閉上眼睛時，仍是競賽。那段時間，我即使作夢也不得安穩，夢裡面不是鋪天蓋地的數學習題，就是張駿和關荷，在夢裡他們總是說著笑著，而我卻如草芥一般不見身影。

一方面我拚盡全力，而另一方面我又對自己根本沒有信心，完全不知道自己能否得獎。考試前連著三天我都夢到自己考砸了，全世界的人都在嘲笑高老師和我。我常常從夢裡驚恐地嚇醒，對我而言，這場競賽完全不只是一場考試，它含著我報恩的心思，還含著我向自己證明自己的較量，如果競賽不得獎就是一個世界末日，我的壓力大得外人難以想像。

有一天我覺得自己實在撐不住了，跑到了遊樂場，烏賊在看店，小波面色蒼白地在打遊戲，他正在準備期中考，顯然也不輕鬆。

烏賊呵呵地笑：「你們兩個倒是真像兄妹，說不來都不來，一來就都來了。」

我對烏賊說：「給我一瓶啤酒，我現在沒錢，先賒著。」

烏賊呆了一下，二話沒說就拿了一瓶啤酒，撬開瓶蓋遞給了我，我接過來就咕咚咕咚連灌了幾大口，小波叫我過去：「陪我打盤遊戲。」

我拎著啤酒，走了過去。說是陪他打，實際就是他教我打，往常看著無趣的遊戲，今天卻變得有些意思，隨手近乎發洩地激烈敲打著操作按鈕，每殺死一個怪物，看著鮮血在螢幕上四濺，人似乎就輕鬆了一些。

一場遊戲打完，緊繃著、似乎馬上就要碎的心輕鬆了一些，小波把我剩下的啤酒拿過去，一口氣灌了半瓶子後問我：「怎麼了？」

看著遊戲機螢幕上閃爍的畫面，我緩緩將心底的恐懼說出：「我連著幾天作惡夢，夢到我考試考砸了。」

「夢是反的。」

「真的？」

「騙妳做什麼？夢都是反的，夢越壞，就表示現實越好！」

我將信將疑，可整個人突然之間又充滿了鬥志，握了握拳頭，轉身就往外跑，烏賊在後面叫：「妳怎麼剛來又走了？啤酒不喝了？」

「不喝了，我回去做數學題。」

「別忘了還錢！」

競賽完的那天，我和張駿走出考場時，高老師沒有問考得如何，只說請我們去吃飯。我很想拒絕，可發出邀請的是高老師，所以我不能不去。吃飯的時候，想到我竟然熬過來了，一直憋在胸口的一口氣一下子就散了，腦袋沉重無比，突然開始流鼻血。

張駿手忙腳亂地用餐巾紙捲成紙卷給我，我竟然完全沒控制住自己，用力將他的手拍開，動作太決絕、太激烈，不要說他，就是高老師都愣住了。我卻若無其事地半仰著頭，自己用餐巾紙捲了紙卷塞好鼻子。

競賽結束後，我疏遠了張駿，刻意回避著他。

張駿也不是傻子，當然感覺出來我不想理他，可他還是經常來找我說話，偶爾放學的時候等我，想和我一起走，我卻總是拒絕他。

張駿的脾氣挺男生的，每次我不理他的時候，他別說哄我，就是多餘的一句話都不說，總是怒氣沖沖地扭頭就走，一副「妳不想理老子，老子也不想理妳」的樣子。可過不了兩天，他就又出現在我面前，然後再怒氣沖沖掉頭就走。

這樣子過了一段時間，不知道從什麼時候起，張駿也不再理我，突然消失在我的生活中。每天上課，他都是鈴聲響才到教室，一放學，又匆匆離開學校，很少待在學校。有時候，偶爾在路上看到他，他總是和一群比我們大很多的技校生混在一起。我們雖然在一個班級，卻好像在兩個世界。

後來，我才聽說，過春節時，張駿帶著兩個同學撬開了一家大型雜貨店，偷了很多條菸。事情暴露後，家長們向商店賠錢道歉，將事情盡力掩蓋起來。

張駿仍然我行我素，可那兩個同學卻被父母嚴厲警告不許再和張駿來往，家長們認為是張駿帶壞了他們的孩子。事情在家長中傳開，幾乎所有男生的父母都禁止自己的孩子和張駿一起玩。

張駿剛開始還不知道，仍然往人家家裡跑，可開門的家長連門都不讓他進，後來，最常和他一起玩的高飛才告訴他原因。張駿明白之後，立即不再和我們班的同學來往，開始和社會上那些不會嫌棄他的朋友一起混。

我猜他肯定以為我也是因為這個原因才和他疏遠的，所以，他沒有再來找過我。

六年級第二學期的下半學期，數學競賽的成績出來了。我以和第一名兩分之差的成績獲得了二等獎，張駿的成績比我低，但也是二等獎。校長在升旗儀式後，宣布了我們學校在數學競賽中的優秀表現，對張駿的名字一點兒都沒提，只表揚了我。

我高懸的心終於放下了，全市一共五個獲獎者，我們學校就占了兩名，高老師剛入職場，就為學校爭得了榮譽，對於一切以教學成績說話的學校，這個成績足以讓其他老師無話可說。

因為數學競賽，我得到了人生中的第一張獎狀，只是薄薄一張彩色印刷紙，用毛筆寫著「羅琦琦獲得數學競賽二等獎」，可對我而言，這張獎狀比金子打的更珍貴。

回家後，我緊張羞澀地把獎狀拿給爸爸媽媽看，爸爸把我的獎狀貼到了牆上，一邊貼獎狀，一邊鼓勵我要繼續用功，妹妹噘著嘴巴在旁邊看著。我心裡有很多激動和期待，我喜歡這一刻的爸爸，眼睛一直看著我，如果可以，我真希望天天有獎狀拿回家，天天讓爸爸貼。

晚上睡覺時，我還一邊看著牆上的獎狀，一邊偷偷地興奮。

第二天早上起床後，我卻發現那張獎狀被人用蠟筆塗得五顏六色，我的名字和二等獎幾個字全被塗掉。

我勃然大怒，連衣服都顧不上穿就衝進妹妹的房間，跳到她的床上騎在她身上打她，她開始大哭大叫。爸爸媽媽趕忙進來拉開我，等弄明白發生了什麼事情，他們又是好笑又是好氣。

妹妹抱著媽媽的脖子哭得上氣不接下氣，爸爸媽媽都沒再捨得責怪她。

爸爸說：「琦琦，不就是一張獎狀嘛！就算妹妹做錯了，妳也可以好好說，怎麼可以動手打人？趕緊去穿衣服，準備上學……」

我盯著他們，那不僅僅是一張獎狀！不僅僅是一張紙！可爸爸已經匆匆趕著去做早飯，媽媽忙著安撫妹妹，哄著她穿衣服。

我慢慢走回了自己的臥室，用力地把獎狀從牆上撕下，撕成了粉碎，扔入垃圾桶。反正沒有人在乎，我又何必在乎？

我不在乎，我一點兒也不在乎！

我一直對童年的定義很困惑，究竟多少歲前算兒童？後來決定根據過不過兒童節來劃分。

我們市兒童節那天有文藝會演，國小那天都會放假，能歌善舞的同學都會去參加文藝會演，上臺為班級學校爭取榮譽，別的同學則負責坐在底下觀賞鼓掌。

每年這天，老師都會發給每個人一個文具盒，裡面裝著硬硬的水果糖，以至於我一想起兒童節，就是廉價水果糖的味道。

這是我們最後的兒童節。小學升國中的考試逐漸臨近，考試後，學習好的會進入升學國中，學習差的會被淘汰進入普通國中。分別就在眼前，班級裡悲傷、留念和惶恐的情緒瀰漫，可我沒有任何感覺，反倒每天都查看日曆，看究竟還剩幾天畢業。

我是個沒有勇氣的孩子，面對我的痛苦和自卑，我選擇的道路就是逃跑和躲避，我把國中看成了一個可以重新開始的嶄新世界。

同學們拿著紀念冊彼此交換留言，紀念冊上有將來的理想、最想做的事情、最想去的地方，我一概寫了「無」。

我買了一本精美的紀念冊，卻遲遲沒有請人寫，最後的最後，我也不知道我的潛意識裡究竟在想什麼，竟然請關荷給我寫畢業留言。

關荷翻開我的留言紀念冊，驚奇地笑著說：「我是第一個呢！」

我微笑著沒說話，她不知道的是，她也會是最後一個寫的。

終於，要舉行畢業聯歡會了！

很多同學都表演了節目，有歌唱、有舞蹈。因為臨近畢業，同學們表演的尺度都有些超標，幾個男生穿著褲腳窄窄、褲腿肥大的黑色燈籠褲，戴著黑色皮手套跳霹靂舞。

和張駿最常玩在一起的三個哥兒們，那天穿著不知道哪裡借來的白色制服，唱起小虎隊的歌：

把你的心我的心串一串
串一株幸運草
串一個同心圓
讓所有期待未來的呼喚趁青春作個伴
別讓年輕越長大越孤單
把我的幸運草種在你的夢田
讓地球隨我們的同心圓永遠地不停轉

……

我一直在恍恍惚惚地走神，班裡的女生哭成一團，男生也拿著紅領巾抹眼淚。我心裡非常難受，可是哭不出來，我的悲傷刻在心底，是眼淚無法宣洩的。

校長、老師講完話，發完畢業照片，同學們陸陸續續散了，我仍坐在靠窗的座位上，看著教室外面發呆。我一直認為自己討厭這所學校，恨不得逃離這所學校，可竟然在最後一刻依依留戀。

「羅琦琦。」

是張駿的聲音，我需要武裝一下自己才敢回頭：「什麼事？」

他站在我面前不說話，天藍色的窗簾在他身後一起一伏，如藍色的波濤，陽光從大玻璃窗灑進來，映得他的白襯衣白得耀眼，似發著微光。講臺上有幾個同學在說話，走廊裡有同學打鬧大叫，可一切的聲音都被夏日的暖風吹散，我和他似乎處在另一個空間，靜謐得讓人害怕和不安。

我的鼻子莫名地酸澀起來，又問了一遍：「什麼事？」

他凝視著我，說：「有件事情，我想告訴妳。」

我在他專注的視線下，感覺一顆心越跳越快。

「張駿。」關荷和一個別班的女生在門口叫著。

張駿看到她們，神色突然變得局促不安，往後大退了一步。我看到他的樣子，再看著門口出水芙蓉般的關荷，突然什麼話都不想聽了，慌亂地站起來，低著頭向教室外面走去。

經過關荷身邊時，她很有禮貌地祝福我：「祝妳順利考上好的國中。」

我卻沒禮貌地一聲不吭就走了，當時覺得能不能考上好學校是自己努力的成果，不是別人祝福來的。

一出教室，我就開始奔跑，急切地想將一切童年時代的不快樂都永遠留在身後。夏日的暖風從臉邊拂過，也許它真能將很多的事情都吹到我身後，可那個冷風中牽著我向前衝的少年仍刻在心底深處。

在我急切地躲避過去、向前跑的渴望中，我連揮手道別的勇氣都沒有，就這樣匆匆又匆匆地送走了我的童年時代。

Chapter 8

當初以為平淡的都不平淡

小時候有很多諺語，等長大後，才明白只是一些美麗的謊言，比如「一分耕耘，一分收穫」。這句諺語只考慮了農民伯伯的辛勞，卻忘記了考慮天氣好壞、物價漲跌等相關變數，實際上，收穫是一個多變數函數，並非單變數函數。

我更喜歡用嚴謹的數學來定義：耕耘是收穫的必要條件，卻不是充分條件，即要推導出收穫，必須有耕耘，可耕耘卻不一定能推導出收穫。

第四小學六年一班的三十多個同學，一半進入了各個升學國中，另外一半進入了普通國中。我以剛有起步的成績進入升學國中——我們市第一中學的國中部，而張駿、關荷也都被一中錄取。這些都沒讓我吃驚，讓我吃驚的是小波竟然以高出錄取分數很多的成績考入了一中的高中部。

一中招收國中生時很馬虎，並不比其他升學中學難考，教學品質也差不多，甚至還差一些。可高中卻完全不一樣，高考升學率每年都在全省前三名，在很多家長眼中，能升入一中的高中部就代表著一隻腳已經順利跨入了大學，上了半個保險閥，所以家長擠破腦袋，都想把孩子送進一中，導致高中部的競爭特別激烈，幾所升學國中的學生，加上普通國中的優異生，每年都要上演一場物競天擇、優勝劣汰的殘酷遊戲。

李哥為了替小波慶祝，在他新開的卡拉OK大請客，給了兩個包廂，酒水食物隨意取用，費用全免。

那個時候，從日本傳進中國的「カラオケ」剛開始在我們市裡普及，父母那一代的人都還沒弄明白什麼叫卡拉OK，年輕人已經把它視作一種很時髦、很有面子的消遣。

李哥的K歌廳不是市裡的第一家，卻是裝潢最好的一家。那天三教九流雲集，烏賊請了一幫哥兒們姐兒們，覺得面子特別有光彩，再加上一直狂追的妖嬈女也來了，他更是分不清楚天南地北，扯著一把破鑼嗓子霸著麥克風不放，早忘記今天晚上誰是主角。

包廂裡空間小，人卻擠了很多，酒氣菸味混雜在一起，坐的時間久了感覺有些喘不過氣，我偷偷地溜了出去，跑到陽臺上透氣。不一會兒，小波端著酒杯，夾著根菸也晃晃悠悠地從另一個包廂出來。他今天晚上被灌了不少，雖然強迫自己吐了兩次，可走路仍舊搖搖晃晃，我取笑著叫他「鴨子」（當年鴨子還沒有另一個意思）。

我趴在欄杆上吹風透氣，他站了一會兒卻身子發軟，索性順著欄杆滑坐到了地上，一邊抽菸，一邊和我說話。我們倆有一句沒一句地聊著，我問他如何考上一中的，他夾著菸笑：「妳如何考上的，我就如何考上。」

我想著自己那段時間朝七晚十的刻苦，鬱悶地嘆氣：「天下沒有捷徑嗎？為什麼非要『一分耕耘，一分收穫』？」

他正在喝酒，聞言一口酒全噴了出來，咳嗽著說：「這世上的事情能『一分耕耘，一分收穫』就已經很幸運了！」

兩個人都沉默下來，各懷心事地發著呆。

李哥領著幾個人從大廳上來，正要進包廂，其中一個人看到我，和身邊的人打了聲招呼，匆匆過來，拉開玻璃門走向我，因為沒有看到坐在地上的小波，他的步子又邁得急，被小波的腿一絆，頓時摔到地上。

小波有些醉了，沒有道歉，反倒大笑起來。我也沒忍住地笑，一邊笑，一邊彎下身子想扶對方一把。

我那天為了愛美，沒有戴眼鏡，光線又昏暗，直到彎下身子去扶對方時，才看清楚是張駿，我的笑聲立即卡在喉嚨裡，只有手僵硬地伸在半空。他沒扶我的手，自己從地上站起來，一言不發地轉身就走。

小波更樂了，問：「琦琦，那男孩是誰呀？」

我的腦袋仍然茫著，半晌沒有回答，小波拽我的手，不死心地問：「他是誰？」

「我同學。」

小波搖搖晃晃地站起來，醉醺醺地說：「別和他來往，這人不是個好東西。」

我笑起來，滿心難言的惆悵一下子煙消雲散了一半，人真是眼睛長在自己頭上，只看見別人長得黑，沒好氣地說：「你不是好人，我也不是好人，好人這會兒應該在家裡待著，而不是在這裡灌酒抽菸。」

小波剛想說話，一個人從包廂裡鑽出來，跟發了癲癇一樣，半裸著身子在走廊裡來回狂奔，一面大叫「小波」，發現他站在這邊，立即要奔過來。小波喃喃罵著，迎了上去。

我一個人從歌廳裡出來，經過租書店時，便進去租了兩套瓊瑤的書，打算挑燈夜讀。走出租書店，竟然看到張駿站在路邊。

我沒理他，徑直走了過去，他卻堵到我面前喊：「妳別和烏賊、許小波玩，他們不是好人。」今兒個晚上怎麼了？怎麼所有人都變成壞蛋了？

我一揚下巴：「你管不著！我愛和誰玩就和誰玩。」

張駿竟然開始學會控制脾氣了，沒有像以前一樣扭頭就走，反倒在耐心地勸說我：「我是為妳好，妳是女孩子，最好別在外面瞎混。要是沒朋友，妳可以去找關荷，她人很好。」

我悲怒交加，瞪著他問：「你算我什麼人？我需要你為我好？就你這樣還來教訓我？」尖酸的語言堵得他扭頭就走，我也大步大步地走著，卻越走越氣悶，猛地把手裡的書丟出去，又踢了一腳。

瓊瑤的小說沒有讓我的心情變好，反倒更加低落。第二天，什麼書都看不進去，而我又沒有朋友，只能去找小波玩。

從烏賊那裡拿到小波家的地址，直接尋到了小波家。

小波來開門時，光著膀子，上身滿是汗，見到是我，突然有些愣。我看他沒穿衣服，也很尷尬，站在門口不知道說什麼，他立即轉身回屋子，套了件衣服才又出來。

他轉身的瞬間，我看到他身上沒有和李哥、烏賊一樣紋著刺青，不知道為什麼，我就覺得心裡一安，那種好像打牌的時候，知道他和我是一家的感覺。

我們站在門口說話，我問他能不能陪我出去走走，他說他要幹活，我以為是家務活，就說我可以等他。他打開門讓我進去，那個場面，我至今歷歷在目。

客廳裡空空蕩蕩，可以說是家徒四壁，顯得客廳又大又空。空曠的客廳裡卻有兩座藍色的手套山，在兩座山中間放著一個板凳，顯然小波剛才就坐在那裡。

八〇年代的人應該都見過那種藍色的絨布手套，幹粗重活時專用的，我家裡就有很多，是爸爸的工作部門發的，似乎當年很多單位都會發這種東西，我爸去換液化氣什麼的時候會戴。

根據小波介紹，做這種手套分為兩個大流程，首先工廠機器會把整幅的絨布裁剪成手套的各個部位，然後人工使用縫紉機將各個部位縫在一起。小波的媽媽此時就在陽臺上，戴著口罩，埋頭車手套。車好的手套都是裡面朝外翻的，小波的工作就是把這些手套翻正，再按左右手配套後疊放在一起。

因為絨布手套有很多細絨毛，風一吹就會四處飄揚，所以天氣再熱都不能開電風扇，導致屋子裡特別悶熱。

我眼中肯定有震驚之色，小波的神情卻很坦然，沒什麼局促不安，也沒什麼羞窘遮掩，隨手找了個小板凳給我，自己又坐回兩座小山中間開始翻手套。我把凳子挪到他對面，學著他的樣子，和他一塊翻手套。

兩個人一邊翻手套，一邊聊天。我問他這些手套能掙多少錢，小波告訴我車一雙手套，他媽媽能掙一毛八分錢，而前幾年，一雙手套只能掙一毛二分錢。

我心中關於手套的疑問已經都問完，不知道該說什麼，就不說話，小波也不說話，兩個人沉默地翻著手套，直到把山一樣的手套翻完。我出了一身的汗，連衣裙都貼在背上，小波也是一腦門子的汗。

我看著客廳中一座疊得整整齊齊的手套山，覺得特別有成就感，衝著他笑。

小波也笑起來，對我說：「我請妳去吃冰棒。」我點頭。

出了門，風吹在身上，覺得無比舒服，第一次覺得風是如此可愛。我們一人拿著一根最便宜的冰棒，坐在河水旁，邊吃冰棒，邊享受著夕陽晚風。

幹了半天活，出了一身汗，我的心情竟然莫名地好了起來。小波不管說什麼，我都忍不住想笑，小波看我笑，自己也笑。兩個人用腳打著水，看誰的水花大，都努力想先弄濕對方，玩得筋疲力盡，笑躺在石頭上，望著天空發呆。

石頭被太陽曬了一天，仍然是燙的，我們的衣服卻是濕的，一涼一暖間，只覺得無比愜意。

小波雙手交叉墊在腦袋下，吹著口哨，走調走得我聽了半天，才聽出來他吹的似乎是〈康定情歌〉，可在嘩嘩的水聲、暖暖的微風中，一切都很舒適，我的嘴角忍不住地就彎彎地上翹，小波也笑，口哨聲中帶出了笑意，我和著他的口哨聲哼唱。

「跑馬溜溜的山上，一朵溜溜的雲喲，端端溜溜地照在，康定溜溜的城喲，月亮彎彎，康定溜溜的城喲……」

後來，烏賊告訴我，小波的爸爸是電工，在小波三年級時，有一次維修電線發生意外，被高壓線電死了。小波的母親是家庭主婦，沒有工作，從此靠打零工養活小波，期間賣過冰棒、煎餅，也去工地上篩過沙子，縫手套是他媽媽從事時間最長的一個職業。

烏賊還說，小波的母親神經不正常，要麼幾天不說話，就連和兒子都不說半個字，要麼一說話就停不了，拉個陌生人都能邊哭邊說小波的爸爸如何如何。烏賊說話的時候，心有餘悸，顯然他就被拉住過。

我回想起那天的場景，似乎的確如此，小波的媽媽一句話都沒有說過。小波出門前，和他媽媽打招呼，他媽媽連頭都沒有抬。

翻完手套之後，很長一段時間裡，我購買任何東西前都會下意識地把物價兌換成幾雙手套，比如，一碗涼皮是五毛錢，我就想要縫三雙手套；一碗牛肉麵是兩塊，要車十一雙手套。而每次兌換後，我對花出去的錢就又多了幾分慎重，會仔細考慮究竟該不該花，我的消費習慣越來越簡樸，開始有幾分能理解小波對金錢的重視。

我的暑假非常清閒，小波的暑假非常忙碌，他在跟著李哥學習打理K歌廳的生意。

李哥身邊的人很多，不管是年齡，還是資歷，甚至時間都有遠比小波適合的人，畢竟小波仍在上學，可不知道為什麼李哥對小波一直很特別，他對其他人說話常會很不耐煩，有時候甚至會破口大罵對方長了一副豬腦，但對小波的問題從來都會耐心回答。不過小波很聰明，許多話不管李哥在什麼場合說的，只要他說過，小波就會永遠記住。

烏賊已經從技校畢業，沒有去國營單位報到，跟著李哥開始正式做生意。李哥讓他和小波一塊打理K歌廳。烏賊年紀雖然比小波大，平常也總是一副大哥的樣子，可真有什麼事情，都是小波拿主意。

隨著他們，我的主要活動場所，也在不知不覺中轉移到了K歌廳。條件先進了不少，至少在很多人還不知道徐克是誰的時候，我已經看了不少他拍攝的電影，外加無數港臺的黑幫片，周潤發的小馬哥風采傾倒了無數烏賊這樣的小流氓，他們常常穿得一身黑，戴副墨鏡，嘴裡含著牙籤，裝冷酷扮深沉，唯恐走在大街上，人家不知道他們神經有毛病。

李哥自己倒是穿得正常得不能再正常，唯恐人家看出他是一幫神經病的頭頭。李哥看著自己的手下，常常無奈地笑，口頭禪是「不要以為多看了兩部香港黑幫電影，就以為自己可以混黑道」。

妖嬈女正式做了烏賊的女朋友，她比烏賊大三歲，讓烏賊特別得意。好似那個時候，如果哪個男生能找到一個比自己大的女朋友，在人前就會特別有面子。當時不明白為什麼，現在卻約略懂了，大概是青春期的男生急切地想證明自己已經長大成人，擁有一個比自己大的女朋友，令他們覺得超越了同齡人。

有一次，我在背後和小波嘀咕妖嬈女，烏賊聽到這個代號，不僅沒有生氣，反倒挺得意，覺得自個兒的馬子就是很妖嬈，索性棄了正名不用，也開始叫她「妖嬈」。

我和妖嬈抬頭不見低頭見，一來二去也聊幾句。從她口中我才知道李哥是進過牢房的，據說當年在道上也曾風頭無量過，江湖老人們都以為他出來後會想辦法收復失地，可誰都沒想到他這幾年竟然真規規矩矩做生意了，並且做得有聲有色。

我很好奇小波怎麼會和他們在一起，在我心中能考上一中高中部的人，和李哥、烏賊不該是一路人。妖嬈也不知道，只說小波打架特別厲害，出手特別狠，當年很多出來混的人都知道有個小波特別能打。

如今的小波可真是一副老好人的樣子，我正聽得發呆，妖嬈看著我笑：「我聽烏賊說，妳打架也很毒，上次若不是李哥，妳手上就要掛條人命了。」

其實我不是狠毒，而是義無反顧、不留退路，一半是情勢所逼，一半是個人性格，只不過事情在外人眼中口裡，傳來傳去，就會漸漸地走樣了。

忽然間，我明白了小波的狠，因為他三年級就沒有了爸爸，媽媽又精神不正常，他根本沒有退路，不得不義無反顧。

六年級的暑假在很多人的回憶中很絢爛，因為那是一段舊生活的終結，一段新生活的開始，兩個空檔間沒有暑假作業，沒有學習壓力，有的只是對未來的美好憧憬，以及玩、玩、玩！

我的回憶卻很平淡，只記得我和張駿的唯一一次見面，以及小波家的藍色手套山，和他走調的口哨聲。

很多年後，我在錢櫃和一群朋友飆歌，被朋友點唱〈康定情歌〉，我笑哈哈地唱著唱著，眼前浮現出兩座藍色的手套山和那走調的口哨聲，聲音突然就哽咽了。

那個時候，我才知道，當初以為平淡的都不平淡。

Chapter 9

我的友誼

女人的友誼從她們還是小女生的時候就很複雜。

男人的友誼大概就如同踢足球，底線和規矩都心中了然，合作與較量清楚分明，在爭鬥吶喊中，融著彼此的汗水。

女人的友誼大概就如烹製菜肴，沒有定式、沒有規矩，酸甜苦辣皆可入菜，滋味可以複雜到除了烹製者，沒有人知道她究竟往裡面放了什麼。

我、關荷、張駿分到了不同的班級，我在一班，沒有和任何一個小學同學同班，我的感覺就是先謝天再謝地。

國中部的教學樓一共三層，一樓是國一教室，二樓是國二教室，三樓自然就是國三教室。大樓造型是一個類似英文字母「Z」的結構，不過「Z」中間的那一豎是垂直的。一班到三班在一個走廊裡，也就是「Z」的上面一橫，然後拐彎，緊接著的走廊是老師的辦公室，之後再一個拐彎，連著五間大教室，按序號從四班到八班。每個走廊的拐彎處都有獨立的出口。

關荷在五班，張駿在八班，他們兩個在同一條走廊，我在另外一條走廊，我們見面的機會其實應該非常少。

距離一班最近的走廊出口，可通向一處仿古典園林的建築，有亭臺樓榭和一個小池塘。關荷和張駿所在的走廊出口有兩個，前面的也通向這個古典小園林，後面的則通往一個小運動場，有八個水泥砌成的乒乓球桌，周邊是白楊樹林，過了白楊樹林，還有排球場、科技樓、實驗樓、宿舍樓、食堂什麼的。

我帶著隱隱的激動，憧憬著一段新生活的開始，期望著這個全新的開始能帶給我一段和小學截然不同的生活。

班導師是我們的英語老師，一個眼睛小小的男老師，姓崔。他剛大專畢業，分到我們學校，校長委以重任，讓他當班導師，所以他非常認真，我們在課堂上的任何小動作都不能逃過他的眼睛。在我們音標還沒學全時，同學們已經給他起好外號，說他小眼聚光，美其名曰「聚寶盆」。

這位聚寶盆對我的人生影響很大，為我剽悍極品性格的塑造做出了不可磨滅的貢獻，不過關於他的故事容後再提。

第一個和我發生交集的老師是我的國文老師，叫曾紅，是一個長得很男性化的女子，短頭髮、喜歡抽菸，是我知道的唯一抽菸的女老師。

每年的九月份，新生剛開學，學校都會召開學生大會，由校長致詞，宣布新學年開始，然後國三畢業班會有一個學生代表發言，代表全年級學生表示決心，努力拚搏迎接中考。國一也會有一個學生做為新生代表在全校人面前講話。最後是上個學期的三好學生、優秀班幹部的頒獎禮。在這種場合，不管哪個學生，只要能站上臺，都代表他是個好學生，對學生來說是莫大的榮譽，所以向來非成績優異者不可能被選中。

那一年，教導主任把選新生代表講話的光榮任務交給了曾老師，曾老師卻完全沒把它當回事，她就在國文課的早自習上，揀看著順眼的女生讓她們朗讀課文，然後頭都沒抬地欽點了我。

我當時嚴重懷疑這個老師的腦袋被門夾了。下課後，我去找她，她正蹺著二郎腿抽菸。

我說：「曾老師，我不能當新生代表上臺講話。」

她問我：「妳為什麼不行？」

我說：「因為我成績不好。」

她慢吞吞地吐了口菸，問對面和她一塊抽菸的男老師：「學校有規定要年級第一才能代表新生上臺講話嗎？」

那個男老師笑著說：「沒有。」

曾老師聳了聳肩膀，對我說：「聽到沒？沒有這個規定。」

我有股翻白眼的衝動，耐著性子說：「我從來沒在這麼多人面前講過話。」

她說：「誰都有第一次，這不是正好，讓妳開始妳的第一次。」說完，就不耐煩地轟我走，「反正就是妳了！有囉唆的工夫趕緊回去寫稿子，別打擾我們備課。」

我真的翻了個白眼，備課？是抽菸吧！

碰上這麼一個腦袋被門夾過的老師，沒有辦法，我只能回去寫稿子。稿子寫好後，曾老師看了一眼，隨便改了幾個錯別字就說可以了。

看我一臉苦相，她終於金口再張：「別緊張，沒什麼大不了，妳站在臺上朝著臺下傻笑就行了，等笑累了，也就講完了。」

我嘴角抽了抽。笑，我笑！

當時，我們國中部從一年級到三年級，每個年級都是八個班，每個班四十多人。大講堂裡，面對著底下黑壓壓的上千人，再加上頭頂的聚光燈，我覺得我的腿在發抖。

剛開始，我還記得曾老師說的，對著他們笑就行了，後來，我的頭越來越低，低得差點兒鑽到衣服裡去，腦子裡面一片混亂，都不知道自己在說什麼。

這次演講，我非常非常、極其極其地丟臉，因為聽說所有人都能聽到我打哆嗦的聲音，每哆嗦一下，跳幾個字，聲音剛大了，又猛地低下去，中間只看到我嘴唇動，聽不到我在說什麼。不過，這些事情，我到很久以後才知道，當時我一點兒不知道。

況且，雖然在臺上時我的小腿都在發抖，可下了臺後，心裡還挺得意的，畢竟這是我長這麼大第一次在這麼多人面前講話，有一種自己是個人物的感覺。

曾老師也笑咪咪地說我講得不錯，有了她的肯定，我更是自信心膨脹。當時我還琢磨過張駿和關荷在臺下看到我講話，不知道是什麼心情，從來只有我看他們的分，如今也輪到他們看我了。我越琢磨越得意，虛榮心很是爆發了一把。如果當時我知道自己是那麼丟人的表現，我肯定一頭撞向曾紅，兩屍兩命都好過這麼丟臉。

代表新生講話後，同學都覺得曾老師喜歡我，而曾老師在國中部的地位挺特殊，因為她性格剽悍，又是某某長官的親戚，我們的國文教研組組長都得讓她三分，所以有了她的重視，我在班裡也算風頭正盛的人物。

我認識了三個女孩子，一個是我們班長得最漂亮的李莘，成績不錯；一個不但漂亮，成績也是我們班女生中最好的，又能歌善舞，叫林嵐；另一個女孩子學習成績不好，但家裡很有錢，叫倪卿。一看我們這個組合，就可以猜到，我們四個是班級裡最拉風的女孩子。

我那個時候經歷了被孤立的小學時代，極度渴望朋友，其實我和她們三個的性格不算合拍，可我藏起自己真實的想法，和她們打成一片。我陪著她們一起點評別的女生，議論哪個男生更酷，可以算是主導著班級輿論，班裡的男生都幫著我們，女生沒有敢得罪我們的。

美國現在的少年電視臺很流行一種校園片，就是圍繞這種所謂的popular girl的故事，我常常看得津津有味，朋友嘲笑我怎麼看這麼膚淺的片子，她不知道我從這些美麗囂張、耍心機出風頭、比穿著打扮、比男生追求的女生身上看到了我曾經膚淺囂張的青春。

聚寶盆選了一個有些胖的女生當班長，她學習成績沒有林嵐好，但性格穩重很負責任，小學又做過班長。可林嵐顯然不服氣，所以總是找各種機會打壓她。

比如，女班長穿了紫色褲子搭粉色的上衣，林嵐就會笑著和我們說：「紅配紫賽狗屎！」

比如，女班長穿了橫條紋的衣服，林嵐就會冷嘲著說：「斑馬能穿橫條紋，因為人家瘦，幾時大象敢穿橫條紋？還嫌自己體積大得不夠顯眼嗎？」

穿衣打扮這方面，她們三個都是專業人士，我其實什麼都不懂，可我會跟著她們一起笑。

女班長剛開始忍讓，後來終於被林嵐激怒，利用班長的權威企圖反擊，但是她一個對我們四個，再加上班級裡喜歡林嵐和李莘的男生，她的反擊以自取其辱告終。全班的女生都在孤立她，都覺得她又胖又笨又醜，以和她一起玩為恥。

她逐漸沉默，對我們四個不再理會，不管我們是自習課說話，還是上課時傳小字條，她都當作沒看見。李莘和倪卿更加氣焰高漲，我卻在女班長逐漸沉默悲傷的眼神中看到似曾相識的東西。

不知道怎麼回事，整個城市從六歲的小女孩到六十歲的老太太，都開始穿起了健美褲[14]，校園裡的女生也不例外，人人都穿健美褲，女班長的媽媽也為女兒買了這種褲子。

人人都穿，本來沒有什麼，可李莘譏笑女班長：「和大象一樣粗的腿竟然學人家穿健美褲，也不自己去照照鏡子。」

在大家的笑聲中，我似乎看到女班長迅速垂下的眼睛裡有亮閃閃的東西。一個瞬間，我忽然覺得醜陋的不是女班長，而是我們。

李莘仍想譏諷，我阻擋說：「她已經退讓了，不要再窮追不捨，留人三分餘地，也是給自己留一分退路。」

李莘對我不滿，林嵐卻是深深地看了我一眼，和李莘說：「以後她不招惹我們，我們就不要再整她了。」

和女班長的爭鬥，以我們的大獲全勝宣告終結，班級裡的女生更是對我們又敬畏又討好。

我們雖然是孩子，心眼和鬥爭的方式也許不如成人世界殘酷，可結果的殘酷不亞於成人世界。

我相信女班長本來是個自信快樂的孩子，也許小時候，家長老師都誇獎過她做事認真穩重，可

14 健美褲是多年以前流行的緊身褲，女孩子穿上它，貼身、臀部渾圓，可以顯示出苗條身材和健美修長的腿形，愈發俏麗。但健美褲不是人人皆適合穿，身型較胖的人穿起來反而顯得臃腫。

是就因為我們四個無情的打擊嘲笑、同學們的起鬨，讓她漸漸自卑。也許她每天穿衣服照鏡子的時候，都會有恐懼感，不知道同學們今天又會怎麼說她，她會對自己的身體產生自卑感和恥辱感。

因為自卑，她開始對自己做任何事情都沒有信心，開始畏首畏尾。這種心靈的傷害，殘酷得會徹底改變一個人的人生軌跡，甚至毀掉一個人，輕的只怕也會留下一段不堪回首的少年時光。

當我懂得為自己羞恥時，女班長已經消失於時光長河中，我再也不可能說出的對不起，只能在回憶中變成了永不消失的愧疚。

似乎每個女孩的圈子中總會有一個核心人物，我們這個圈子，雖然沒有明說，但大家心知肚明，美麗、聰明、好強、成績優異的林嵐是核心，李莘和倪卿都很聽她的話，李莘甚至聽話到了有些巴結討好林嵐的程度，似乎唯恐林嵐不帶著她一起玩。

我到現在都想不明白為什麼會這樣，明明是獨立的個體，又沒有成人社會的上下級利益關係，十來歲的孩子之間，為什麼會有如此明顯的強弱關係？

可是女孩子間就是如此，雖然打扮穿著不一樣，可不管中國、外國，一代又一代都重複著相似的故事。

倪卿長得不好看，學習成績不好，但有錢，經常請我們吃雪糕、喝冷飲什麼的。李莘也許心裡認為她比較笨，可表面上對她很好，而我能給予李莘的很少，所以我就成了李莘的「假想敵」，她總想把我排擠出這個小圈子，但林嵐一直對我好，所以她無可奈何，只能對林嵐更加好，希望林嵐能疏遠我。

剛開始有女班長，我們的內部鬥爭只是微妙地存在，大家都裝作什麼事情都沒有。沒有了女班長的外鬥，我們的內鬥漸漸升級。

李莘不知道怎麼聯合了倪卿，兩個人對我的排擠越來越厲害，言語之間明嘲暗諷。我不是一個口齒伶俐的人，所以我只能裝作聽不懂她們的嘲諷。林嵐把什麼都看在眼裡，可她高高在上地俯瞰著我們三個，當作什麼都沒察覺到，只有李莘和倪卿做得太過時，她會為了維持平衡幫我一下。

我們四個在外人眼裡是要好得不得了的好朋友，課堂上傳小字條，課間活動一起玩，連上廁所都妳等著我、我等著妳，一起聽最流行的歌，一起和班裡最帥的男生打鬧，一個人受了欺負，四個人一起反擊回去。不少女生都羨慕我們這個小圈子，渴望著能和我們一起玩，只有我們自己心裡明白，看似絢爛的友誼裡藏著什麼。

我小心而辛苦地維護著自己的「友誼」，和她們在一起，我很疲憊，可不和她們在一起，我會很孤單。我一直盼望著國中生活和小學截然不同，我也的確做到了。我如今也算是班裡最出風頭、最有勢力的女生，國文老師喜歡我，女同學們討好我，可我並不覺得有多麼快樂。

我們班的第一名是一個男生，名叫陳松清，和我當同學的時間只有兩年，可直到現在我仍記得他，只因為他對我說過的那幾句話。

有一次，班裡一個臉上有胎記的男生給李莘寫了一封情書，她笑嘻嘻地看完後，把情書交給了林嵐。林嵐一邊看，一邊高聲讀了出來，全班同學都笑得前仰後合，那個男生臉色由紅轉白，由白轉紅，頭已經低得要貼到桌子上了。

看到他的樣子，我表面上和大家一塊笑，心裡卻有茫然悲傷的感覺，這就是不自量力喜歡上一個人的結果？

陳松清突然問我：「妳覺得這真的很好笑嗎？」

我呆住，他一直坐在我後面，但我們幾乎沒有說過話，我只知道他成績非常好。

他又問我：「妳覺得妳和林嵐、李莘她們在一起，整天捉弄嘲笑別人，突顯自己的優越，很有意思嗎？一個人的優秀需要用踩踏別人的尊嚴來建立嗎？妳難道不覺得自己很幼稚、很膚淺嗎？」

我不能回答，他說：「把妳的聰明和精力用在有意義的事情上。」說完，他就低下了頭看書，好似剛才什麼都沒有發生過。

林嵐仍然在朗讀情書，全班同學仍然在笑，可他只專心看自己的課本，默默背誦著英文單字。一直到自習課的鈴聲敲響，他的話仍在我腦海裡不斷徘徊。

上自習的時候，我突然回頭問他：「什麼是更有意義的事情？」

他說：「如果妳不知道答案，就去學校的圖書館找。」

我們學校有圖書館？看來我真是孤陋寡聞了。

第二天的課間活動，我第一次沒有和林嵐她們一塊玩，我去了圖書館。

根據介紹，我們學校的圖書館是整個省最好的中學圖書館，硬體一流，寬敞明亮，桌椅舒服，可只有零零落落幾個學生。陳松清就在一個角落裡看書，我沒有去打擾他，自己一個人走在圖書館裡，仰頭看著一排排高高的書架，密密麻麻的書，什麼叫書海，我第一次有了體會。

那天我沒有看書，也沒有借書，只是把圖書館走了一遍之後就離開了。

也許我已經疲憊於應付李莘的排擠，也或許是我自己明白那並不是我想要的，亦或是陳松清的那幾句話，我開始和林嵐她們疏遠，課間活動時經常去圖書館看書，但一時之間，我仍然無法完全放棄她們。我的心靈不夠強大，不足夠應付孤獨，我的虛榮心讓我貪戀著和她們在一起時的風光熱鬧，所以，課間活動的時候，我有時候仍會和她們一起玩。

李莘很喜歡告訴我們哪個男生在追她，把男生寫給她的情書給我們看。林嵐眼中有輕蔑，可口氣卻很熱誠，誘導著李莘說得更多。

我不知道國中女生是一種什麼心態，也許是天性中對權威和力量的仰視，她們不太看得上同年級的男生，但喜歡高年級的男生。李莘每次提起同年級的男生遞給她的情書時，總是不屑一顧，更喜歡說哪個高年級男生託人傳話，想請她出去吃刨冰、約她去唱歌。

那一天，我們四個正一邊吃雪糕，一邊在小園林的亭子裡聊男生的時候，一個白衣白褲的男生騎著自行車從圓拱門外進來，李莘立即就沉默了。

那個男生把自行車停好，一路和同學微笑打著招呼，走進了大樓。男生的個頭很高，烏黑的頭髮微捲，眼眶略深，鼻子挺直，戴著一副金絲眼鏡，笑容陽光燦爛。如果讓我用幾個字形容，我會立即想到少女漫畫中的「白馬王子」，我知道這有些可笑，可這真是我當時第一眼的印象。

她們三個都盯著人家看，我忍不住問：「誰啊？」

李莘狠狠地盯我，對我竟然不認識對方很不滿，又立即得意地解釋：「沈遠哲，我的小學同學，我們關係很好。」她的神態一改平常瞧不起同年級男生的樣子，語氣中有近乎崇拜的感覺。

倪卿笑著說：「現在他是一年六班的班長，聽說六班的女生，至少一半都喜歡他。」

李莘不吭聲，似乎很不開心。

林嵐笑了笑，朝我眨眼睛，逗李莘說：「妳不會是喜歡人家吧？」

李莘不高興地說：「才沒有！我只是和他妹妹關係比較好。」

倪卿立即關切地問：「聽說二班的沈遠思是他妹妹，他怎麼和他妹妹讀一個年級？他們是雙胞胎嗎？」

李莘搖頭：「不是，沈遠哲比沈遠思大兩歲。」

「啊？大兩歲？他留過級？」

李莘好似生怕別人瞧低了沈遠哲，立即說：「沒有！他從一年級就和妹妹一個年級，他們的成績都很好。好像是他小時候生病，做了很多大手術，康復後才上學，所以就比我們晚了一點兒。」

難怪這個男生看起來和其他男生截然不同，原來大了我們那麼多歲。她們後來說了什麼，我都沒聽見，因為我看見了張駿。

張駿和三年級的級花邊走邊說話，走到池塘旁，女生坐了下來，張駿站在她面前，兩個人都笑意盈盈。張駿透著不合年齡的成熟，和三年級的女生站在一起，絲毫不覺得他年紀小。女生時不時半笑半嗔地用手打他一下，或者用胳膊肘頂他，張駿一直唇畔抿著笑，兩人的肢體動作透著曖昧。

倪卿低叫一聲：「張駿！」她們三個不再說話，竟然和我一起凝神看，我此時才後知後覺地明白，張駿原來是我們這年級的名人。

男生的成長好似就一個瞬間，沒多久以前，他還頂著刺蝟頭，瘦高瘦高，手長腳大，透著趣怪，轉眼間，就變成了個子修長，氣宇出眾。

他其實還是我眼中的他，可從林嵐她們三人的眼睛中，我明白如今女生眼中的張駿已不是小學時的他了。

倪卿嘆氣：「可惜聽說他不喜歡小女生，只和校外的女生一起玩。」

林嵐問：「羅琦琦，妳是四小畢業的吧？張駿不也是四小的嗎？」

我立即說：「我們不熟，沒說過話。」

李莘和倪卿都一副本該如此的表情，就差張嘴說：「羅琦琦這個樣子，怎麼配和張駿說話？」

看到她們的樣子，我也不知道出於什麼心理，竟然說：「他小學留過級，還在外面混，喜歡抽菸打架。」

原以為林嵐她們的目光會立即改變，沒想到她們越發熱忱：「啊？妳還知道什麼？他有女朋友嗎？他喜歡什麼樣的女生？」

我被這出人意料的結果嚇住，目瞪口呆地看著她們。

國中和小學似乎是一個截然不同的時代。小學時，大家都喜歡學習成績優異、老師寵愛的男生，所以幾乎全班女生都喜歡陳勁。可國中，女生們對陳松清這樣只是成績好的男生已經不屑一顧，甚至叫他們書呆子，大家開始奉行「男生不壞，女生不愛」，張駿顯然無比符合這個標準。

張駿看向亭子中的我們，我們都立即心虛地閉了嘴，他視線在我們身上停了一下，又笑著轉過了頭。

倪卿立即興奮地說：「李莘，林嵐，他一定在看妳們。」

李莘和林嵐彼此對視一眼，臉頰微紅，眼中卻都有對另一方的不屑。

我想到關荷，想到她的美麗大方、不卑不亢，忽然覺得自己真醜陋，只想趕緊離開。

快到樓門口時，和一個很漂亮的女孩擦肩而過，心中猛地一震，可又不知道是為什麼，只能繼續往前走。走著走著，終是忍不住停住腳步，回頭去看，沒想到那個女孩也遲疑地停住腳步，回頭看我，我們盯著彼此，眼中都有迷惑。

突然之間，她大叫一聲：「琦琦！」然後向我衝來。

「曉菲！」我也向她衝去。

然後，我們就在國中部的樓下，在無數人的眼皮底下，緊緊地抱在了一起。我們旁若無人地尖叫、又摟又抱、又笑又跳，笑著笑著，又抱頭痛哭起來，好似多年前的離別淚水沒有流乾。

等兩人情緒平復下來時，發現所有人都盯著我們。曉菲朝我吐舌頭，我很尷尬窘迫，可忍不住地想笑。我們心靈相通，同時牽起彼此的手，跑向外面，一口氣離開眾人的視線，到小樹林裡。

她問我：「你在幾班？」

「一班，妳呢？」

她滿臉不能置信：「我二班，就在妳隔壁！」

多麼不可思議！

已經開學幾個月，兩班就一牆之隔，老師都一樣，我還當過新生代表，在所有學生面前講過話，可我們竟然今天才發現彼此。她告訴我，開學典禮時，她就在臺下，雖然聽了我的演說，可她壓根兒沒仔細看我長什麼樣子，又沒專心聽，也沒聽到我叫什麼名字。

很多年後，看了幾米的漫畫《向左走、向右走》，有朋友覺得它是不真實的浪漫，我卻無比相信，因為命運真的很神奇，它若不要你相遇，你就是和她一牆之隔，你就是站在聚光燈下，站在她面前，甚至就是有人在她耳邊大聲報過你的名字，她也看不到你。

分別四年，可我和她之間沒有任何隔閡，我們親密得就如同昨天剛剛分手，她和小時候一樣，不停地說話，急切地想把她生命中我缺席的四年都告訴我。我和小時候一樣，沉默地聆聽，分享著她的喜怒哀樂。

很快，一小時的課間活動結束，上課的鈴聲響起，我們手牽著手往回跑，她一遍遍叮囑我，放學等她，我無比快樂地點頭。

回到教室，林嵐問我：「你和葛曉菲關係很好？」

我笑著說：「她是我最好的朋友，妳知道她？」

林嵐笑了笑：「她的入學成績是二班的第一名，剛開學的時候，二班的班導師讓她當班長，她竟然拒絕了，說她從小學一年級就當班長，當了六年，實在當膩了班長。」

我忍不住笑，曉菲就是這個樣子的。

自從和曉菲重逢後，我徹底與林嵐她們疏遠。

我和曉菲每天下課都在一起，連課間十分鐘我們都要聚在一起說一會兒話。

如果她們班下課了，我們班還沒下課，她就在教室門口探頭探腦，老師看她，她立即縮回去，可過一會兒，她就又趴在門口，探著腦袋張望我。

我們班和二班的老師是一樣的，都認識她，她人長得漂亮，學習成績又好，性格也討喜，老師沒有生氣，反倒被她探頭探腦、鬼鬼祟祟的樣子給逗得發笑，索性揮揮手，讓我們下課。以至於沒有多久，不僅一班和二班的同學，就連老師們都知道葛曉菲有一個超級要好的朋友叫羅琦琦。

我和曉菲整天黏在一起，竊竊私語。講完過去的事情，我們就講現在的事情。如今正是情竇初開時，話題自然離不開男孩子，曉菲把她收到的情書給我看，真是蔚為壯觀呀！

我讀，她聽，有的段落實在寫得肉麻，她做嘔吐狀，有的句子明顯就是摘抄的，她會無情地譏諷，別的女孩如果這樣，我也許會有想法，可她不管做什麼，在我眼中都是嬌俏可愛的。

我們邊看情書，邊在樹林裡笑成一團，曉菲問我：「有沒有男生喜歡妳？」

我搖搖頭。

她問：「妳難受嗎？」

我搖頭。

她問：「妳有喜歡的人嗎？」

我想了想，搖頭，我早已經決定不喜歡張駿。

我看到她的神色，揣度她的心意：「妳有喜歡的人？」

她微笑著不說話。

「是誰？」

「一個國三的男生，以前是我家鄰居。還記得前幾天我講過我小學放學時，常蹭鄰居大哥哥的車坐嗎？」

「嗯，妳得罪了同班的一個女生，她叫她哥來打妳，沒想到反被妳的那位鄰居大哥哥給嚇跑，鄰居大哥哥是葛曉菲同學的保護神呢！」

曉菲哈哈大笑：「就是他，叫王征。」

曉菲忽閃著大眼睛，希冀著我的反應，我卻沒半點兒反應，她洩氣地打我的腦袋：「妳怎麼還是這樣，一副什麼都不關心的樣子。王征呀！我們學校樂隊的爵士鼓手。天哪！國中部的所有女生都知道他好不好？妳知道不知道，他打爵士鼓的時候有多酷！簡直酷斃了！」

當年，「酷」這個字才剛剛流行，我們說酷的時候，常覺得自己很酷。

「他人酷不酷？」

曉菲貌似很悲痛地倒在我身上：「很酷！非常酷！我從小學四年級就開始暗戀他，人家根本不理會我。以前我們是鄰居，還有藉口來往接觸，如今搬到這個城市，我們不再是鄰居，我連藉口都沒有了。」

我不以為然地說：「妳這麼漂亮可愛，他肯定會喜歡妳的。」在我心中，曉菲近乎完美，我看不出哪個男生捨得拒絕她。

曉菲立即嘻嘻哈哈地說：「就是，就是，我也覺得是。說不定他早就對我有感情了，只不過看我還是祖國的花蕾，不好意思摧殘。我如今已經長大，他可以不用客氣了。」說完她還張著手，對著天空叫，「歡迎摧殘！」

我笑得肚子疼，她眼珠子骨碌碌地轉，用力握拳頭，「不行，我得加油！我的競爭者太多了，簡直就是從狼群口中奪肉。」她又語重心長地對我說：「琦琦呀，不要喜歡太出眾的男生，自己會很辛苦，他還不懂得珍惜你的辛苦，更不要先動心，誰先動心誰就輸。」

我大笑，她道理懂得比誰都多，結果行動完全和道理反著來。

期中考試的成績出來，全班四十多人，我排在二十幾名，我爸媽對這個成績很滿意，我自己也沒什麼不滿意。陳松清是我們班的第一，林嵐是第二，曉菲是她們班的第一。我去打聽了一下關荷的成績，沒有意外，班級第一。又沒忍住去打聽了一下張駿的成績，全班二十多，和我差不多。國一因為沒有年級排名，究竟誰勝誰負沒有人知道。

因為曉菲和關荷兩人優異的學習成績和格外出眾的美麗，她們成為我們年級的「雙葩」，本來只是一個女國文老師的戲語，後來卻得到大家的一致認可，老師和同學都喜歡提起她們，把她們比較來比較去。

按常理來說，兩個正青春年少的女孩被人如此比較，難免彼此有心結，可關荷淡然平和、潔身自好，從不製造新聞。而曉菲大大咧咧、嘻嘻哈哈，除了學習，滿心滿腦只有王征，每天去三樓偷窺有沒有女生覬覦她的王征，所以她們兩個雖然風頭並列，可彼此間全無矛盾，也沒有任何交集。

我和曉菲經過久別重逢的「熱戀」之後，漸漸恢復正常，不再恨不得二十四小時黏在一起。她喜歡和三年級的女生、男生來往套交情，藉機打聽王征的消息。我則喜歡泡圖書館，每天一小時的課外活動幾乎都在圖書館待著，常常碰到陳松清，他與我各據一張大桌，各看各的書，從不交談。

我的生活變得簡單快樂，曉菲有時間的時候，我就和她一起；曉菲沒時間的時候，我就去圖書館。經過陳勁的指點，我看書的速度很快，厚厚的《基督山恩仇記》，幾個小時就能全部看完，所以我對書籍的需求量很大，看的書也越來越雜，從柏拉圖到席慕蓉都會看，不管能不能看懂。

我仍然不喜歡回家，放學後，寧可在外面閒蕩，也不願意回家。爸爸媽媽看我成績過得去，就一切放心，對我採取放羊式的管教方法。

曉菲也和小時候一樣不喜歡回家，不過，她如今還有很多別的朋友，所以，她並不是經常和我在一起。

小波的課餘時間幾乎都在K歌廳裡，我既然不喜歡回家，自然而然就常常泡在K歌廳。透過我的關係，曉菲認識了小波和烏賊。我對唱歌興趣不大，可曉菲非常喜歡，那個時候，進K歌廳對學生而言是一筆不小的花費，我卻可以帶著曉菲免費唱歌。

每次曉菲去，小波總是免費提供飲料和零食，曉菲吃得眉開眼笑，和我偷偷說：「不如妳乾脆做小波哥的女朋友，我就不用吃得心不安了。」

我追著她打：「妳為了幾塊蜜餞就把我賣掉，我有妳這樣的朋友，真是倒了八輩子楣！」

曉菲滿屋子躲，還不忘記往嘴裡塞葡萄乾。我追上她，不客氣地往她身上招呼拳腳，她吃痛了，就開始亂叫：「王征、王征、王征……」

我舉著雙手，做黑熊撲食的凶惡狀，嘿嘿地冷笑：「王征不在這裡。再說了，他還不是妳男朋友，在這裡也不會幫妳。」

她咬著唇笑，我掐她，兩個人打成一團，她笑著解釋：「我叫王征的名字，可不是讓王征幫我打妳，而是我疼得很，叫一聲王征，心裡一高興，就不疼了。」

我將信將疑：「真的假的？」

她笑著來掐我：「不信，妳就讓我掐一下，叫一聲試試了。」

「妳當我傻大姐呀？」我抓住她的手阻止她掐我，兩個人扭滾到沙發上，呵呵地笑成一團。

Chapter 10

惡夢重現

年少的心，稚嫩柔軟。
所以，傷害與溫暖，都會被深深銘記。
最後所銘記的，和時光交融，成為我們的性格。

快要期末考試的時候，發生了一件意外。

有一天課間活動輪到我值日，我掃完地後，和幾個同學邊灑水拖地邊聊天，大家肆無忌憚地叫著各位老師的外號，點評著老師上課時的小動作。我正拖長聲音叫班導師的外號「聚寶盆，小眼聚光」，這時聚寶盆剛好進來了，他沒什麼反應，檢查了一遍教室有沒有打掃乾淨後就走了。幾個同學都被嚇得夠嗆，等他走了，才拍著胸口說：「幸虧他沒聽到。」

某些時候，我對人的情緒反應格外敏銳，我感覺到聚寶盆不高興，他肯定已經聽到我叫他外號，拿他上課的小動作來開玩笑，但我並不覺得害怕，當時我的想法很簡單，不就是一個外號嘛！他又是個男的，不至於那麼小氣，烏賊整天喊我四眼熊貓，我也沒生氣過。

可是，我的想法錯了，聚寶盆不但生氣，而且很介意，只是他當下保持了風度，沒有發作。但緊接著第二天，他就挑了我一個錯，當著全班的面將我臭罵一頓，可我和他都知道，他罵我絕不是因為我上課走神。

我心裡的嘲笑浮在了臉上，他的怒氣更盛，命令我換座位，指著教室最後面的角落對我說：「妳只適合坐那個位置，把妳的桌子搬過去，什麼時候知道自己錯在哪裡，什麼時候再給妳重新安排座位。」

教室的那個角落裡堆放著掃帚、拖把、灑水壺、水桶，以及垃圾桶。很多男生懶得站起來去扔垃圾，常常玩投球遊戲，有的髒東西就會掉在垃圾桶外面，算是班級的垃圾場。

我一聲不吭地搬著桌子去了「垃圾場」，坐到垃圾場裡後，發現自己距離最後一排的同學都還有一大截距離。

聚寶盆臉色鐵青，同學們噤若寒蟬，李莘她們的眼神中有幸災樂禍，小學時候的恐慌感湧上心頭，我竟然再一次陷入被全班遺棄的境地。

我默默地坐著，下課後，聚寶盆召集大家一塊去打排球，並且分好了組，唯獨沒有我的名字。同學們都說說笑笑地離開了，教室裡只剩下我一個人。我望著空蕩蕩的教室，突然之間，虛偽的堅強坍塌了，眼淚不受控制地落下來，我不知道我在哭什麼，是後悔自己得罪了班導師，還是恐懼未來的惡夢。

我已經很久沒有哭過，可這一次竟是趴在桌子上，越哭越傷心，只覺得自己又一次站在了孤立無援的角落裡，似乎小時候的惡夢即將重演。

不知不覺中，我忘記了壓抑自己的哭聲，哭出了聲音。

突然，一個好聽的聲音問我：「妳怎麼了？誰欺負妳？」

我抬頭，一個挺拔的少年站在我面前，關切地看著我，竟然是沈遠哲！

他穿著黑色的褲子、白色的針織高領毛衣、黑色的鬈髮、金絲的眼鏡，溫和親切的眼神，從我的角度仰視著看過去，陽光從教室的大玻璃窗映照到他身上，他全身彷彿鍍著銀光，完全就是剛從漫畫書中走出的白馬王子，可我並不是美麗的公主。

我呆呆地看了他一會兒，隨後又低下頭接著哭。

他拖了一張凳子坐到我的桌子前面，溫和耐心地說：「不管什麼事情，說出來，也許會有解決的方法。」

我仍然只是抹著眼淚哭，他不再說話，就耐心地坐著，安靜地陪著我。終於，也許因為他的溫柔和耐心，讓我覺得他什麼都能理解；也許因為那天下午的陽光照在他身上，讓他顯得很溫暖，而我的世界恰恰缺少溫暖。我開始邊哭邊傾訴，好幾次都傷心得說不下去，他卻似乎有無限的耐心，一直很認真地傾聽。

傾訴完後，我覺得好過多了，雖然仍在嗚嗚咽咽地哭著，可恐懼已經消失了。

他不停地安慰我，一直耐心地哄我，直到我完全不哭了他才站起來，說：「快要上課了，我走了。不要擔心，過幾天老師的氣消了，一定會把妳調回前面的位置。」

他走到門口，我才想起我沒有說謝謝。

我叫住他：「喂！」他停住腳步，回頭看我，我說：「謝謝你。」

他的手輕扶了扶眼鏡，微笑著說：「不用客氣，我可什麼忙都沒幫上。」

他離開後，同學們才陸陸續續回來，教室裡喧譁而熱鬧，可礙於班導師的怒氣，沒有一個人理我，我卻顧不上難受這個。

我開始恍惚，剛才發生的事情是真實的嗎？那個女生心目中，可望而不可即的白馬王子沈遠哲真的出現過嗎？太像一場夢，似乎是我自己幻想出來安慰自己的。

就是因為太不真實了，所以我連曉菲都沒有說，只告訴她我被老師趕到最後面去坐了。我說的時候臉上笑嘻嘻的，曉菲從小到大成績優異，從來沒真正體會過被老師折磨的痛苦，所以她看我不在意，就也沒當回事，還和我開玩笑，一個人坐後面多麼自由自在，想幹什麼就幹什麼。

聚寶盆將我趕到教室的最後面坐，又經常點名罵我，企圖用老師的威嚴令我低頭，可我屬於人敬我一尺，我敬人一丈的性格，絕不會因為他壓我我就低頭，反倒倔勁上來，愈挫愈勇，徹底無視他，他的英語課我完全不聽，邊看瓊瑤的小說邊嚼泡泡糖。

而聚寶盆剛進入職場，就分配到升學名校教書，又被校長委以班導師的重任，肯定壯志在懷，急欲一展抱負。假如把所有學生比喻為小馬，他是馴馬人，那我就是他馴馬生涯中遇見的第一匹野馬，對他而言，我能否被馴服，不僅僅代表著他是否在全班同學面前保住威嚴，更意味著他內心深處職業的成就感，所以我們倆就槓上了。

他剛開始採取的方法還很簡單普通，不外乎訓斥、罰打掃環境、罰站，可發現我站在教室後面，一副竟然比坐著更舒服的樣子，他開始明白對付普通女生的方法對我起不了作用。

有一次，因為我中午一吃過飯就跑到學校來玩，被他撞見了，那天我又非常不幸地把教室的一塊玻璃窗給打碎了，他大發雷霆，勒令我請家長到校。我非常緊張，回家對媽媽支支吾吾地說班導師想見她。

媽媽去見了聚寶盆，聚寶盆把我所有的劣行惡跡都告訴了媽媽，希望家長能協同老師教育我，媽媽回來後，將老師的話全部告訴了爸爸。

大概因為有我小學時的偷盜打架當對比，上課不聽講、破壞公物這些實在太雞毛蒜皮，我爸不太在意，說不定內心深處還覺得聚寶盆小題大做。我媽雖然有些發愁，卻無可奈何，我和他們之間的疏離冷漠，她心裡都明白，所以她也不敢說重話，生怕逼得我把冷漠變成叛逆，只能婉轉地勸我對老師要尊重。

聚寶盆卻不知道我們家的情況，他看我媽媽一副知書達理的樣子，以為終於找到治我的方法，不料高興沒兩天，就發現我仍舊我行我素，甚至開始變本加厲，除了國文老師曾紅的課我比較老實以外，剩下的老師全都反應我上課不聽講，都認為把學生放在教室的最後面不是一個好方法。

聚寶盆礙於各科老師的建議，給我調換了座位，從一個極端走到了另一個極端，竟然把我放到了第一排的正中間，課桌緊靠講臺，就在他的眼皮底下。他的表情很自負，一副「看妳在我的眼皮底下還能幹什麼」的樣子。

結果沒一週，各科老師又都去找他告狀，數學老師投訴我在他的課上做物理作業，物理老師說我在她的課上做地理作業，地理老師則申訴我在他的課上做數學作業。

聚寶盆很頭痛，找我去談話，問我為什麼要這麼做。

我老實地說：「因為我下課後要去玩，沒時間做作業，我必須趕在放學前把作業全做完。」

聚寶盆氣得小眼睛裡都是火，為了不讓我在課堂上做作業，罰我站到教室外面。

教室外面和教室裡面罰站，看上去都是罰站，實際意義大不相同。在教室裡，如同自家的事，不管好壞都在門裡面，可在教室外，就如同把醜事彰顯給別人看。

剛開始我的確很難受，羞得頭都不敢抬，來來往往的學生經過的時候都看向我，我恨不得找個地縫鑽，但羞歸羞，想讓我屈服，沒門！

所以聚寶盆罰我站的時候，我如被霜打的茄子，沒精打采得不行，脖子上就好像掛了個千斤重的牌子，腦袋低得恨不得鑽到衣領子裡面。

可他一旦把我放進教室，我就數學課做物理作業，物理課做地理作業，地理課做數學作業，英語課看小說，一點兒都不含糊。他氣得不行，只能繼續和我鬥。

在我和聚寶盆鬥法過招的忙碌中，到了期末考試，我和聚寶盆鬥歸鬥，但總成績沒受一點兒影響，反而前進了幾名。

爸爸媽媽唯一的一點兒愁慮也就此煙消雲散，他們的想法很簡單，覺得只要我不翹課、有交作業、成績過得去，就證明我的心仍在學習上，那麼別的一切，不管是打碎玻璃、上課調皮，甚至和老師頂嘴都屬正常。

尤其是爸爸，甚至覺得調皮好動、闖點兒禍什麼的才像個孩子，他對我小學的沉默寡言、陰氣森森一直心有餘悸，當然，他們可不敢讓聚寶盆知道他們是這麼想的。

曉菲對於我被罰站走廊的事情，不但不覺得丟人，反而很崇拜我。她覺得我很酷，敢和老師對著來，國一的學生雖不至於像小學生那麼崇拜老師，可是敢反抗老師的也沒幾個，尤其是女生。

對她的想法，我只能苦笑，我哪裡想酷呀？我是被逼的！

放了寒假，我的生活無比愜意，不用上課，不用做作業，不用和聚寶盆鬥，整天可以看自己喜歡看的小說。

大年初三的時候，我去給高老師拜年，高老師詢問我的學習情況，我如實彙報。她笑著問我：「妳到底盡了幾分力？」

我認真地思索後，告訴她：「還好吧，學習實在沒什麼意思。」

高老師笑得不行：「妳和張駿怎麼還一副小孩心性？整天就記著玩。」

我不動聲色地問：「張駿也來了？」

高老師說：「是啊！他昨天來給我拜年，我問他認真學習了沒有，他光笑不說話，不過玩就玩吧，成績不要太落後就行了，反正你們年紀還小，離考大學還早著呢！」

高老師是真心喜歡我和張駿，我們倆在別的老師眼中頑劣不堪、陰沉怪異，可在她眼裡只不過是未長大孩子的調皮刁鑽，可她不知道，其實我和張駿都比同齡人複雜早熟得多。

高老師把橘子一瓣瓣剝好，放到我手裡，笑著說：「妳和張駿以後可以一塊兒來看我，大家還可以一起聊天。」

我微笑著吃橘子，不吭聲。

從高老師家裡出來後，邊走邊後悔，應該昨天來拜年的。

心情正低落，忽聽到一間唱片行裡傳出小虎隊的歌。

把你的心我的心串一串
串一株幸運草
串一個同心圓
讓所有期待未來的呼喚趁青春作個伴
別讓年輕越長大越孤單

現在流行的是林志穎，班上女生的鉛筆盒上都貼著林志穎的貼紙，這個賣錄音帶的竟然還在放小虎隊的歌？我站在外面怔怔聽了一會兒，跨著大步離開了。

寒假生活平平淡淡，除了春節的幾天跟著爸媽串宴席，我幾乎每天都泡在小波的K歌廳，窩在沙發上看從學校圖書館借的書，一本又一本。

烏賊常常取笑我：「還嫌妳鼻梁上的玻璃瓶底不夠厚呀？」

我懶得理他。他如今正風光得意，小波畢竟年紀小，很多場合不方便出面，只得讓烏賊在前面應付，很多不知道的人，都以為烏賊是K歌廳的老闆，走到哪裡都有人遞菸敬酒，很有派頭，又有妖嬈女在懷，簡直情場商場雙豐收。

K歌廳的生意都在晚上，小波心又細，事必躬親，常常忙得暈頭轉向，半夜兩、三點都不見得能睡。白天的時候，他常躺在沙發上睡覺，我在另一個沙發上看書，有時候睡醒了，他會叫我給他倒水，喝個幾口後，翻個身子接著睡，我就繼續看書。

不睡覺的時候，他也看書，不過看的書和我截然不同。我喜歡讀小說，而他看的書多半是戰爭英雄、成功人士的傳記，或者純粹企業管理、市場經濟方面的書，還會認真地做筆記。

因為是寒假，從學校圖書館借書不太方便，他帶著我去了市立圖書館。圖書館的管理員見到他，親切地打招呼：「來還書？前幾天館裡剛進了一批行銷學的書，書目在這裡。」我這才知道他是圖書館的常客。

我也辦了一張市圖書館的借書卡，開始從市立圖書館借書看。

我們倆常常整日整日地在一起，似乎有我的地方就有他，有他的地方就有我。其實，我們雖然在一起，但是各看各的書，各幹各的事情，彼此互不影響。

外面開始盛傳我是小波的女朋友，當面來問我們的，我們當然否認，可我們也不會四處抓著人去解釋我們不是一塊兒的，而且我看小波還挺高興我做了他的擋箭牌。

小波人長得斯文俊秀，對女孩子客氣有禮，從不說髒話，算是在外面混的人中的另類，很多女孩子喜歡他。這個圈子裡的女孩子都無所顧忌的生猛火辣，追起男生來真是什麼法子都敢用，從當眾表白到割腕自殺都能鬧出來，小波不勝煩惱，有個我替他擋著，日子稍微好過點兒。

張駿常來K歌廳唱歌，我漸漸知道他跟著的那個人外號叫「小六」，不過沒人敢當面叫他「小六」，連李哥都要尊稱一聲「六哥」——雖然小六的年齡看上去明顯比李哥小。根據烏賊的話，小六是個非常狠的人，算是這個城市的黑社會老大之一，被拘留過多次，可很幸運的，每次進警察局都能平安出來。

我完全不能理解張駿怎麼和小六這樣的人混到了一起，不過，估計他也完全不能理解我怎麼就和李哥、小波混到了一起。

我和他同在一個K歌廳出沒，偶有碰面機會，卻都好像不認識對方，即使擦肩而過也不打招呼，完全無視對方。可我知道，其實，我的眼睛無時無刻不在留意著他。

Chapter 11

極品是如何練成的

我們揚起了下巴，用挑釁的目光張望著世界，看似倔強堅強，可心裡藏著惶恐迷茫。

大人們啊，我們理解你們渴望將我們塑造得優秀美好，可是請明白，並不是寒冷鋒利的刻刀雕出了美麗的雕像，而是用一雙懂得欣賞美的眼睛、一顆充滿愛的心，和一雙溫暖的手才能雕出美麗的塑像。

寒假過去，新的一學期開始，我嘆氣，舒服的日子又要結束了。

我和聚寶盆的矛盾隨著新學期的開始更加升級，罰站走廊對我而言已經是小菜一碟，完全影響不到我的心情，我和二班、三班的人都混了個臉熟，課間十分鐘常常談笑風生。我的交際圈子突然擴展到一個新的範疇，當然，我的臉皮厚度也達到了一個新的級別。

我深深地知道，我的小日子過得越滋潤，聚寶盆的心情越不好，所以，為了氣死他，我放鬆心情，讓自己的日子過得很愜意。賞春風、觀落花、詠池塘、嘆麻雀……不亦樂乎！我們走廊正好面朝著一個仿古典建築的小園林，亭臺樓閣池榭，一應俱全。

曾紅有一次下課的時候，抽著菸，和罰站走廊的我聊天：「妳還沒站累呀？口頭上認個錯就能回教室好好坐著了，妳心裡究竟怎麼想，別人又不會知道。」

我很囂張地回答：「和天鬥，其樂無窮；和地鬥，其樂無窮；和人鬥，其樂無窮。」

上課鈴響了，曾紅一手把菸彈出窗戶，一手拍拍我的肩膀，好像是示意我好自為之，然後走進了教室。

聚寶盆看罰站教室門口已經折磨不到我，又命我請家長，短短一個月就讓我請了三次家長，卻發現沒有任何效果，他開始明白，與家長協同教育這一招也失敗了。

不過，他透過罰我站走廊，觀察到我還是很在乎別人怎麼看我，他開始把我叫到他的辦公室門口罰站，因為那裡有更多的學生老師來往，不再僅僅是一班、二班、三班的學生。

我剛剛適應走廊罰站的臉皮，面對這個新的環境，顯然不太適應，再次遭受折磨，低著頭如同脖子上掛著重物的犯人。可漸漸地，隨著罰站次數的攀升，我的頭慢慢抬起來，姿態越來越閒適，氣色越來越飛揚，笑容越來越燦爛。

沒多久，聚寶盆發現我又一次用倔強抵抗了他的折磨，又一次用生物的劣根性再次適應了物競天擇，他恨我恨得牙癢癢，卻一時間想不出更好的法子折磨我。

我之前講過國中部教學樓的構造類似「Z」的形狀，只不過中間的那豎是直的。在「Z」的左面是一個仿古的小園林，右面則是一塊運動場地，有八張水泥砌成的乒乓球桌和一個籃球場。

一班、二班、三班位於「Z」的上面一橫，看不到運動場地。而老師辦公室位於「Z」字中間的那豎，辦公室外面的走廊恰好面對運動場，可以看到乒乓球桌。當我不再羞恥地低著頭，學會欣賞四周風光時，我在乒乓球桌附近發現了一個曾經熟悉的身影——神童陳勁。

他似乎很喜歡打乒乓球，一下課就往乒乓球桌衝，打得也非常好，幾乎打遍年級無敵手，只要他願意，他可以一直站在桌前打球，只有對面來來回回地換人。

不管乒乓球打得再好，陳勁的樣子和一般的國中學生沒什麼差別，我不能明白，那個光華刺眼、驕傲自負的神童哪裡去了？如果他仍然像小學時一樣光華璀璨，我應該一進學校就會聽說他的大名，而不是在這個角落裡，直到我發現了他，才想起有這麼一個人。

我承認我比較無聊，所以讓曉菲幫我去打聽了一下陳勁。事實證明，他真的平淡無奇了，成績只是班級前十名，當然也算好，可距離出類拔萃很遙遠，十分平淡無奇。他的性格更是平淡無奇，同學們提起他，都語氣淡然，似乎班級裡多他一個不多，少他一個不少。

曉菲對我關注陳勁極其緊張，把陳勁打聽了個底朝天，打聽完後，不停地對我說：「雖然喜歡太出眾的男生很麻煩，可妳也不用標準這麼低，要不我幫妳介紹？我認識很多三年級的男生。」

因為陳勁比同級的人小四歲，他又好像光發育腦袋，沒發育個子，站在一堆人高馬大的國三男生中，他就像個小矮子，學校裡最流行的運動，像是籃球、足球、排球都沒他的分。

那個年紀，男生流行玩另類、裝酷，時不時冒幾句髒話，陳勁卻因為父母過於良好的家教，每天都打扮得規規矩矩，手洗得乾乾淨淨，臉洗得乾乾淨淨，說話也乾乾淨淨，而且他還用手帕——當曉菲說到「陳勁居然隨身攜帶手帕」時，表情十分驚悚。

看著曉菲一臉的沉痛，我想我如果告訴她，當年我們班上幾乎全班女生都喜歡陳勁，她會不會驚嚇得暈過去？

每當我罰站時，我就會看見陳勁。每天的課外活動他都會來打乒乓球，我想我能理解他為什麼只玩乒乓球，可我不能明白，是什麼原因讓神童的光芒消失？是什麼讓他泯然眾人矣？難道是一齣〈傷仲永〉？

不過，好奇歸好奇，我雖然無聊，但還不至於無聊到衝到陳勁面前去問他的地步，何況已經快三年，誰知道他還記不記得我？

我把罰站當欣賞風景的行為激怒了聚寶盆，當我有一天又因為一點兒小事被他揪住後，他終於動用了終極法寶。聚寶盆命令我去站在國中部樓下最中間的乒乓球桌上好好思過，什麼時候想通了，給他道歉認錯，什麼時候才能回教室上課。

他這一次，算是真正擊中我的痛點。站乒乓球桌並不可怕，可怕的是我站在那裡之後，張駿和關荷都能看到我。但是，誰讓聚寶盆是老師，我是學生呢？而我倔強得寧可死，也絕不認錯。所以，我只能去站乒乓球桌。

第一天，當全國中部的人看見一個穿著紅色大衣的女孩子在做完早操後，爬上乒乓球臺，站在最中間的時候，他們全都驚訝了，剛開始以為我在玩，大家只是笑看著，後來發現上課鈴響了，我仍一動不動，他們就全傻了。

那一天，整個國中部大樓，從一樓到三樓的窗戶上都趴著密密麻麻的腦袋。我知道這些觀看我的人群裡，肯定有張駿和關荷，所以，雖然我心裡羞憤欲死，可面上還要裝得完全不在乎，硬逼著自己笑。我微笑地站在乒乓球桌上，任由所有人參觀，就差和藹地說：「謝謝參觀，愛護環境，請勿攀爬照相。」

聽聞連各個辦公室的老師都出動了，來看看究竟是何方女神聖，能像我們學校的劉胡蘭[15]雕像一樣高高聳立。

我每天做過早操後開始罰站，一直站到下午下課。

第一天，所有人都停止打乒乓球，大家走過我身邊時，有人好奇地張望，有人想看卻不好意思細看，空蕩蕩的乒乓球桌讓我更明顯。

第二天，陳勁拿著乒乓球拍出現，站在我旁邊的乒乓球桌邊看了我一會兒，竟然就在我旁邊的乒乓球桌上練起了發球，完全視我如水泥柱。

因為陳勁，逐漸有人來打乒乓球，小操場恢復了往日的喧譁熱鬧，除了最中間的乒乓球桌上面還站著我。

我當時的感覺是既恨不得殺了他，又感激得想說謝謝。恨他，是因為周圍的人都在打乒乓球，而我高高在上，越發顯得我無比怪異；感激他，是因為這個小操場終於恢復正常，大家都忙著打乒乓球，即使看我，也是一掃而過。

第三天，消息終於傳到了高中部，小波聞訊來看我，立在遠處凝視著我，我剛抬頭看到他，他立即就轉身走了。我的心裡很感激，因為我的微笑只能給陌生人看，在熟悉的人面前，我虛偽的堅

15劉胡蘭（一九三二年十月八日—一九四七年一月十二日），原名劉富蘭，中國國共內戰期間的一個女中國共產黨預備黨員，參與暗殺山西省文水縣雲周西村（今劉胡蘭村）村長石佩懷，後被山西省國民政府主席閻錫山軍隊逮捕，因拒絕投降被處死，年僅十四歲。死後中共追認其黨員身分，中共領袖毛澤東亦為她題詞。其出生的小鎮也被命名為劉胡蘭鎮。

強很脆弱。

課間活動的時候，曉菲給我拿來十串熱乎乎的羊肉串，笑嘻嘻地說：「給，妳最愛吃的羊肉串，小波哥給妳買的。」

我沒客氣，接過就吃，在吃第六串的時候，聚寶盆站在窗戶前，氣急敗壞地大叫：「羅琦！」我立即把剩下的羊肉串塞回曉菲手裡，抹抹嘴，規規矩矩地站好。全操場的人都看看我，再看看聚寶盆，想笑卻不敢笑。

第四天，我從經過的人群裡不小心瞥到了關荷，我笑得越發賣力，唯恐別人覺得我不開心，簡直恨不得雙手高舉，拉一張橫幅，上書「罰站不丟人」，可心裡卻真的是一片空茫茫的麻木，恨不得自己被吞噬到宇宙黑洞裡去。幸虧一直沒有看到張駿，否則，我真懷疑我這假裝的堅強會當場崩潰。

第五天，我已經再次完成了生物的進化和升級，把乒乓球桌站得雲淡風輕，其樂融融。課間休息時，高年級的男生會來逗我，和我聊天；課外活動時，旁邊打乒乓球的同學會麻煩我順便當裁判，難得我站得那麼高，什麼球都能看清楚。反正站著也是站著，我就聊著天，當著裁判，過著我的小日子。

這件事情成為當時的超大新聞，從國中部到高中部，所有人都知道有一個國一的女生被班導師罰站乒乓球桌，已經連續站了一週。後來，連不怎麼理會國中部的校長都驚動了，特意來看我，婉轉地和聚寶盆溝通，要以感化教育為主，言下之意就是不贊成如此明目張膽的體罰教育，雖然適度的體罰教育在當年被老師和家長都許可。

於是在我被罰站的第七天，我被聚寶盆釋放，允許回教室上課。

雖然聚寶盆聲色俱厲地在教室裡訓斥了我，說是為了不影響我的正常學習才允許我回教室，可我和他都知道，我自始至終沒有和他道歉，也沒有承認錯誤，我和他的戰役，以他的失敗、我的勝利終結！

做為馴馬人，聚寶盆很失敗，他不但沒有把我這匹馬的野性馴服，反倒激發出我無限的潛能，他在我身上嘗試到了什麼叫挫折。但對我而言，他真是良師！他對我的羞辱從坐垃圾堆開始，一步步昇華，直到在幾千人面前，讓我連站一週的乒乓球桌，而且幾千人中還有兩個人，一個叫張駿，一個叫關荷。經此一役，我想不出這世上還能有更難堪丟人的事情。

有嗎？沒有了！

所以，我無所畏懼的剽悍性格終於華麗地神功大成！

那個時候，有一句挺流行的罵人話「你的臉皮比城牆拐彎還厚」。我覺得這句話形容我非常恰如其分，那絕對不是罵我，我的臉皮真的很厚，非常厚，都不是一般的城牆拐彎，而是長城的城牆拐彎。

聚寶盆剛把我放回教室時，也許有過擔憂與憤懣，但他很快就發現我是屬刺蝟的人，別人不惹我，我不會展露自己的刺，不但不會展露，反倒沉默安靜得像不存在。

我和聚寶盆漸漸相安無事，他不理會我，視我不存在，我也不和他搗亂，即使上課看小說，一定藏在書桌底下，做到表面上的尊重。

不過，因為我和聚寶盆的鬥法，我心裡很討厭他，一上他的課，看到他的臉就不想聽講，平時也很討厭看英文書，所以我的英文無可避免地受到影響，成績下滑很多，但因為一共有很多門課，總成績一時之間還看不大出來。

曉菲對我仰慕得不行，我卻對她的腦袋構造很懷疑，我不明白自己有什麼值得仰慕的？

曉菲說：「因為妳酷！妳穿著紅大衣，戴著白帽子，笑咪咪地站在灰色的乒乓球桌上，一臉滿不在乎，簡直要多酷有多酷！妳知不知道，連王征都跑到窗戶邊去看妳，我和他激動地說妳是我的好朋友。」

我只能無奈地笑，其實在我心中酷的人是她。我是假酷，她才是真酷。我用微笑和無所謂掩蓋自己的怯懦和在乎，我所表現出來的東西都是假的；而她開心的時候，就放聲大笑，悲傷的時候，就放聲大哭，她勇敢地表現著自己的真實內心。

有一天下午，她告訴我王征教她打爵士鼓，說得高興的時候，她就在走廊上半蹲著，模仿打爵士鼓的動作給我看。她半閉著眼睛，左右手虛握著鼓棒，陶醉地左敲一下、右打一下，身體還配合地前傾後擺。來往的同學都看傻了，在他們眼裡，葛曉菲突然發起了神經病，對著空氣又敲又打。

如果是我，肯定不好意思讓別人看出我為了一個男生神經兮兮，可曉菲毫不在乎，因為她喜歡，所以她做了，她壓根兒不知道天下還有一件事情是需要關心別人想什麼，她按照自己的心，活得淋漓盡致，這個樣子才是真酷！

Chapter 12

文藝會演

成長，如同參加跑步比賽。看到別人比自己跑得快並不一定會著急難過，唯有被同時起跑的人日漸超越時，才會感到傷悲。也許你不會記得那些已經遠遠落在後面的人，可你會永遠記得那個跑在你前面的人。

當成長終於被時光之火淬鍊為長成。

在十字路口，也許你們揮了揮手，也許你們連揮手都沒有，就各自踏上了不同的方向。你舒了一口氣，以為比賽終於結束，卻不知道自己又站上了另一條起跑線，新的比賽已經開始。

你質問，怎麼沒完沒了？何時才能休息？

永不！這就是生命！

電視裡在熱播《十六歲的花季》，裡面有個很漂亮的女孩子叫陳菲兒，很多人都覺得曉菲長得像陳菲兒，再加上她名字裡也有個「菲」字，所以同學們開始親暱地叫她「菲兒」。

隨著《十六歲的花季》的熱播，曉菲的名氣漸大，不少高年級男生、外校的男生都慕名來看曉菲，給她遞字條、約她出去玩，曉菲成了很多男生心中的夢中情人。

如果是別的女孩子，肯定虛榮心很滿足，可曉菲並不開心，還勒令我不許叫她「菲兒」。她才不關心誰喜歡她，她只關心王征最近在幹什麼、有沒有女生敢接近他。

其實到現在為止，我從沒真正看清過王征長什麼樣子，不過學校每年第二學期快結束時會舉辦文藝會演，到時肯定能見到王征，我倒是要瞻仰一下這位征服了無數少女心的爵士鼓鼓手究竟長什麼樣子。

文藝會演是一件挺有意思的活動，更精確地形容，這是各個年級、各個班級的美女俊男們爭奇鬥豔的機會。

我們班的文藝會演由林嵐負責，她這方面的才華令人不得不欽佩。她一個人從舞蹈編排到服裝設計，全部自己一手包辦，而且竟然編出兩支舞蹈。最搞笑的是，第一支舞蹈，她可以借到現成的服裝，但第二支傣族舞，卻弄不到適合的演出服，如果去訂做，誰都沒那筆經費。聚寶盆急得上火，卻仍沒辦法。

有一天，林嵐盯著學校的國旗看了半天，竟然靈機一動，讓聚寶盆去借學校的彩旗（學校每次有什麼重大活動，除了升國旗外，還會在大道兩邊插上彩旗）。她把彩旗裹在每個女孩子的身上，用別針和線固定，上身配著她借來的貼身小坎肩，長髮斜著梳好，別上一朵紅花，在燈光映照下，從遠處看，活脫脫的傣族姑娘。

林嵐不知道出於什麼考慮，明知道我的小腦不發達，仍邀請我參加舞蹈演出。我婉言謝絕了，不過我願意協助她。我喜歡看她們跳舞，一群正值妙齡的少女翩翩起舞，很婀娜多姿、美麗動人。

一下課，我就幫林嵐把所有的桌子椅子往前拉，騰出空地讓她們練舞。她們練舞的時候，我坐在講臺上，幫她們盯著外面，謹防其他班級的人偷看。

二班的文藝演出曉菲有參加，但內容是什麼，我可就不知道了，這是每個班的最高機密，我沒打算做叛徒，曉菲也沒打算做叛徒，所以我們各忙各的。

辛苦大半學期後，眾位美女終於盼來了可以爭奇鬥豔的文藝會演，因為我們班的兩支舞由同一組人跳，化妝換衣服的時間很趕，所以我負責幫美女們拿外套捧化妝盒，典型的丫鬟角色。

演出順序由抽籤決定，我們班的第一支舞排在很前面，第二支舞的位置很好，不過曉菲參演的舞蹈更慘，竟然是第一個出場。

我因為一直追隨著林嵐她們，幫忙拿衣服、拿化妝品，不可能專心坐在臺下看演出，曉菲的舞我只看了前半段，她們跳得不錯，可惜服裝很不出彩，燈光映照下，沒有一點兒色彩感，很明顯，編舞的女孩子會跳舞，卻缺少舞臺經驗。

我們班的第一支舞《天女散花》，編舞和服裝都很到位，可有一個女生跳的時候把花籃掉了，扣了不少分。林嵐雖然心中不高興，臉上卻點滴不顯，不停地安慰那個女孩：「沒有關係，大家都不會怪妳，我們都知道妳已經盡力了。」李萍卻黑著臉瞪了那個女生好幾眼。

我在一旁看著，心裡對林嵐生了幾分敬意。別的班級都是班導師親自出面操持，甚至憑藉自己的人際關係，請來專業人士設計舞蹈。可聚寶盆剛大專畢業，被分配到這個陌生城市，沒什麼關係和人脈，一切靠林嵐。幾個小姑娘，從動作到衣著，連頭髮怎麼梳都是林嵐設計，還要協調管理好團隊關係，她其實很不簡單呢！

她們卸妝的時候，我無聊地拿著節目單研究。一年五班的節目很簡單，一個三人合唱，一個單人獨奏。算算時間，單人獨奏就要開始表演了。

看到單人獨奏，我心中微動，顧不上我們班要準備下一個節目，拜託倪卿和別人先幫我頂著，自己跑去臺前看。

臺上的表演者果然是關荷，她穿著一襲簡單的紫紗裙，行走間裙裾翻動，恍若風吹荷葉。她朝大家鞠躬，坐在椅子上，妝容很淡，卻亭亭玉立若水中蓮。

主持人說：「下面是一年五班的參賽節目：二胡獨奏《賽馬》，表演者關荷。」

等舞臺燈光慢慢變暗，燈光只集中在她身上時，她開始拉奏。一開始就是激烈的萬馬奔騰，整個大禮堂好像變成了遼闊的草原，任由馬兒馳騁。中間的一段，她用手指撥弦，模仿馬蹄踏地的聲音，顯然技法相當突出，讓評委中特別邀請的市文藝團的女子也很動容，

一曲完畢，滿場掌聲雷動，五班的男生大聲叫她的名字，關荷淡淡一笑，面朝臺下鞠過躬後就翩然離開。國中部的音樂老師和文藝團的女子都給了她近乎滿分的最高分。

我聽到舞臺旁側有人在吹口哨，很是驚訝，訓導主任就在下面坐著，誰膽子這麼大？

因為我不是坐在觀眾席，而是站在舞臺一側，所以能清楚地看到幕布後的舞臺，有一個穿著蒙古袍子、戴著蒙古帽的俊朗少年，滿臉笑意，拇指和食指放在口中，用吹口哨的方式替關荷慶賀。

那個少年，竟然是張駿！而關荷經過他身邊時，笑著點了點頭，表示謝意。

一瞬間，我只覺得心如浸在數九寒天的冰潭裡。我和張駿早已是陌路，張駿自從上了國中後，連和同年級的男生都很少來往，更不用說女生了，可他對關荷顯然是與眾不同的。

八班的節目是一支蒙古舞，我沒想到張駿也參加了。再仔細一想，那又有什麼奇怪的呢？文藝會演本就是俊男美女的遊戲，張駿如今是很多女生評選出的國中部一年級的級草，早已不是當年我

看到的刺蝟頭男孩，加上他的運動細胞又本就很突出，會參加也是理所當然。

想走，可又想看；想留，卻又想走。

猶豫間，八班的四個男生、四個女生已經揮舞著長袖上臺。在蒙古語的歌聲中，他們載歌載舞，男兒矯健，女子熱情。

我從不知道張駿竟然如此有文藝細胞，他居然是男生群中領舞的，和一個滿頭珠翠小辮的漂亮女孩舞姿變幻，時而是草原上奔騰的駿馬，時而是藍天上翱翔的雄鷹。

他半蹲下身子，身子前傾，雙腿輪換，模仿著駿馬奔騰的姿態，向前舞動，我看他快要靠近我站著的地方，立即轉身就走，匆匆跳上臺階，拉開幕布，去後臺找林嵐她們。

林嵐看見我，立即問：「妳看到八班的蒙古舞了嗎？跳得怎麼樣？」

我淡淡地說：「很普通，還是咱們班的舞好，先不說得獎不得獎，這麼熱的天氣穿著袍子就夠他們受的了。」

林嵐笑：「聽說八班編舞的童雲珠是蒙古族的，跳蒙古舞很有一套，如果不是要演出，我真想去看看他們跳得如何。」

倪卿匆匆跑回來，興高采烈地說：「天哪！八班跳得太好了！張駿簡直帥斃了！那個童雲珠真不愧是蒙古族的，比電視上都跳得好！」

林嵐盯了倪卿一眼，當作沒聽見，督促各個女孩最後一次檢查妝容。倪卿還沒反應過來，直往林嵐身邊湊，林嵐不理她。

等到我們班的傣族舞上臺，我和倪卿跑到臺前去看。五班和八班的表演都比較激昂，之前兩個班又剛跳過現代舞，觀眾被一路激昂過來，讓我們班的《傣家黎明》占了幾分天時地利的便宜。音樂清新溫婉，女子柔麗婀娜，空山鳥語、竹樓小溪讓人精神一煥。

舞臺燈光映照下，女子身上的絲裙異樣的鮮豔美麗，如果不說，絕對不會有人想到是彩旗。等她們快跳完時，我和倪卿又返回後臺，拿著衣服等她們下場。

林嵐顧不上換衣服，挽著我的胳膊，和我擠在幕布前等成績，訓導主任和國中部的音樂老師給了很高的分數，其他兩個評委也不低，市文藝團的女子卻給了一個偏差的分數。

林嵐跺腳，嘟囔著說：「我媽可真夠狠的！」

我詫異：「那是妳媽媽？」難怪林嵐這麼有文藝天賦，原來家學淵源。

我安慰她：「沒有關係的，別人都給得很高，肯定能拿獎。妳媽這樣做，也是為了證明妳是靠自己的能力，和她一點兒關係都沒有。」

「是啊！」

林嵐笑了笑，總算有幾分高興。

後面到底還有什麼節目，我都無心觀賞，等想起王征時，急著去問，結果人家告訴我，今年王征不能代表班級參加表演，因為彩排時，訓導主任不喜歡他的節目，說主題不健康、不積極向上，因此被刷掉了。

比賽結果出來，國中部一年級的一等獎是關荷的二胡獨奏，二等獎是八班的蒙古舞和我們班的傣族舞，二班的舞蹈沒有得獎，曉菲有些沮喪，不過更多的是替王征不平，大罵訓導主任沒有審美眼光。

散場後，同學們仍在議論剛結束的文藝會演，女孩子說張駿，男孩子說關荷。我神思恍惚，眼前交錯浮現著關荷和張駿，女子風華婉約，男子不羈英俊，我開始覺得我和他們的距離越來越遠，他們兩個如越燃越亮的燈，光華越來越燦爛，而我不但沒有光華，反倒儋懶不堪、臭名遠播。

看明白了我們的差距，我有一些悲傷，有一些對命運的不甘惆悵，更多的卻是無可奈何地接受。大概心底早已明白自己本來就是一個不起眼的人，只能站在原地仰望他人光芒的人，即使再羡慕，我也不可能成為他們。

文藝會演結束後不久，國中部學生會的人員變動名單提前下來，沈遠哲接任新一屆學生會主席的職位。

做為六班的班長，六班在他的管理下，班風是全年級最好的，他的大名早已是人人耳熟能詳，所以，他擔任學生會主席，實是眾望所歸。

隨著時間流逝，我們這批新生從仰望學長學姐的傳說，到不知不覺中，自己也變成了傳說的主角之一。

繼曉菲和關荷的「雙葩」之後，我們這屆的「雙王」也被大家推選而出。

白馬王子是沈遠哲，相貌斯文、學習好、人更是好，熱心善良，樂於助人，和老師、同學都相處友善，擁有陽光一般的溫暖笑容。喜歡他的女生眾多，但他沒有任何緋聞，他對所有的女生都一視同仁。他的溫和善良讓向他表白的女生即使被拒絕了，都不會覺得受到了傷害，反而視他為友。

黑馬王子是張駿，長相英俊，學習一般，沉默寡言，沒有集體榮譽感，也不團結同學，從不幫助他人，不過也從不欺負他人。喜歡他的女生多而複雜，有高年級的，有技校的，還有小太妹。

關於他的謠言很多，但因為他從不和同年級的女生單獨來往，所以沒有和同年級女生的緋聞，也沒有聽說我們年級哪個女生向他表白，倒是聽說高年級的女生常常會對他因愛生恨，四處找人打他，究竟有沒有打著，無人可知。

Chapter 13

大齡留級生

世間最難醫的傷口是不流血的傷口，沒有良藥，也無從治癒，即使平復，也如水上月影，看似完整平靜，可每當風吹過，就會皺起細細裂痕，暗暗疼痛。

期末考試結束，眾人的成績沒有太大變動，我們班依舊是陳松清第一、林嵐第二，二班葛曉菲第一，五班關荷第一，張駿和我在各自班上的第二十幾名晃蕩。

漫長的暑假，我的最愛。我躲在K歌廳的沙發上，邊看書邊吃零食，逍遙得像神仙。小波今非昔比，再也不需要等著打贏撞球才能請我喝飲料，現在不管我什麼時候去，沙發旁邊都會擺滿飲料和零食隨我吃。

我從不和他客氣，偶爾想起經濟問題，也會良心不安地問：「要不要我出點兒錢？我媽給我漲零用錢了。」

小波笑：「妳能吃多少？這點兒東西我還請得起。」

我嘴裡嚼著蜜餞，沒有顧忌地問：「你媽媽還在縫手套嗎？」

他坦然地回答：「是啊，對她而言，手頭有事情忙碌就能忘記生活中其他不開心的事情。」

烏賊聽到我們的對話，完全不能理解，嚷著說：「可你現在能養活自己，幹麼還要讓你媽賺那種辛苦錢？你媽踩一天縫紉機還不夠唱一次歌。」

小波和我都看著烏賊笑，這人活得多簡單幸福！

一個週末的晚上，我窩在歌廳的房間裡看書看累了，準備出去走走。一出去，發現燈光迷離、人聲鼎沸、烏煙瘴氣，連樓梯上都站著人，我納悶，今天晚上的生意怎麼好得反常？抓住一個送酒的小姐姐：「今天晚上有活動？」

她點頭：「有人過生日。」

我從人群中擠過，想去拿點兒飲料，突然在迷離閃爍的燈光中，我看到一個長髮烏黑、衣裙潔白的女子坐在張駿身旁，拿著麥克風唱〈像霧像雨又像風〉。

我對你的心你永遠不明瞭
我給你的愛卻總是在煎熬
寂寞夜裡我無助地尋找
想要找一個不變的依靠
再給我一次最深情的擁抱
讓我感覺你最熱烈的心跳
我並不在乎你知道不知道
疼愛你的心卻永遠不會老

呵……
你對我像霧像雨又像風
來來去去只留下一場空
你對我像霧像雨又像風
任憑我的心跟著你翻動
呵……

彼時，這首歌正伴隨著秀麗的梁雁翎紅遍大江南北，幾乎是K歌廳的必唱曲目，我早已經聽麻木，可此時此地，我如被雷擊。

身邊的人推來搡去，我被撞得時而向前、時而向後，可我感覺不出任何疼痛，只覺得整個人像被抽離了靈魂，麻木卻悲傷地看著自己。

張駿身邊的人大聲鼓掌、吹口哨，又笑又叫：「聽到沒有？要你給她一個最熱烈的擁抱！」

張駿喝酒微笑著，身子卻沒有動。

張駿的哥兒們起鬨：「張駿，你這樣子可真沒意思，人家女孩子都主動了！」

不知道是不是那個女孩子的小姐妹率先喊出「張駿，親她！」，所有人有節奏地一邊鼓掌，一邊跟著喊「親她！親她！親她！親她！親她！」。

叫聲越來越大，掌聲越來越響，似乎整個歌廳的溫度都升高了，而我的靈魂看見自己擠在人群中，臉色煞白，呆呆地盯著張駿，雙手緊緊地握成了拳頭。

張駿禁不住大家的叫喊，終於放下酒杯，握起女孩子的手在她的手背上吻了一下。

大家不滿意地噓他，噓聲越來越大，大有把屋頂噓穿的趨勢，這時，女孩子突然半勾住張駿的脖子，斜睨著前方，在他臉上親了一下，好像示威一般，不過總算替張駿解了圍。

大家又是吹口哨，又是哄笑，一邊笑叫著一邊往前擁。我的個子不夠高，被人潮擠得身不由己地向前，不知道被誰的胳膊撞了一下，眼鏡就被擠掉了，我趕緊慌亂地去撿，嘴裡還叫著「不要踩我的眼鏡！」。

可是人實在太多，大家又都身不由己地往前推擠，我不但沒有撿到眼鏡，反而差點兒被人群踩傷，眼鏡被踢到了一個人的腳邊，我正要去撿，卻被一隻高跟鞋踏到，碎了一地。

高跟鞋的主人驚叫一聲：「哎呀，這是什麼？」

大家聞聲紛紛將視線放低，看見了狼狽地趴在地上的我。

原來不知不覺中，我竟然追著眼鏡追到了張駿他們坐的沙發旁。剛才一直盯著張駿看，沒發現小波也在座，他把我從地上揪了起來，強忍著才沒有破口大罵。

「妳知道不知道剛才多危險？這麼多人，音樂聲又大，一旦妳被踩倒，沒有人會注意到妳。」

我委屈地說：「我要撿眼鏡。」

張駿的女朋友抱歉地說：「不好意思，小妹妹，我沒看到，回頭我重新買一副賠給妳。」

小六問：「小波，你的馬子？」

受到香港黑道片的影響，流行把女朋友叫馬子，我卻很討厭這種叫法。

小波忙說：「不是，普通朋友。」

「讓她過來，大家一起喝幾杯，交個朋友。」

小波賠笑說：「她還小，不會喝酒。」

小六笑著不說話，他身旁自然有人替他說：「小波現在做老闆了，脾氣比以前可大了不少，六哥都請不動。」

怕小波為難，我拽了拽他的袖子，示意他沒事，主動坐在了小波身邊。

小六遞給我一小杯紅酒：「哪個學校？」

「一中。」

「好學校，和我弟弟張駿一個學校。是吧，張駿？」張駿只是冷漠地點了點頭。

我正要先乾為敬，小波卻從我手裡拿過了酒杯：「六哥，她真的不會喝酒，禮數由她行，酒我來喝。」

六哥不笑了，盯著小波。小波沒有退縮，迎著他的視線。

周圍的人全都不由得屏住呼吸，好一會兒後，六哥笑著點點頭：「好！既然你這麼說，我也不能勉強，你想代喝就代喝吧！」

小波立即一飲而盡：「謝六哥。」

六哥旁邊的男子把一瓶未開封的白酒擺在小波面前：「不是那一杯，是這一瓶。」

我氣得身子都在抖，但是我知道，這就是這個圈子的規矩，你要替人出頭，就要接受對方的規則，若沒那個本事，趁早夾起尾巴走人。

小波拿起酒瓶，連開酒器都沒用，直接用牙咬開瓶蓋，再將瓶蓋吐掉，對著酒瓶子仰脖就灌，在「咕咚」、「咕咚」聲中，整整一斤的白酒全部被他喝完，小波把空酒瓶放在桌上，笑著說：「謝六哥。」

六哥不理小波，笑咪咪地問別人：「咦，你們怎麼都不唱了？唱歌呀！」

他身旁的女子立即拿起歌本點歌，點了一首〈萍聚〉，六哥摟著她合唱起來。

小波向六哥告退，六哥像揮蒼蠅一樣，不耐煩地揮揮手，我趕緊陪著小波去洗手間，他用手捅自己喉嚨眼，逼自己開始吐。我很抱歉內疚，卻不知道自己能做什麼，只能一直輕拍著他的背。

他吐完後漱口，擦了把臉，笑著說：「沒事，比這再多的酒我也喝過。」

我輕聲問：「為什麼要代我擋酒？那一小杯紅酒喝下去也沒關係，過年的時候，我爸媽也會讓我喝點兒紅酒的。」

他微笑著解釋：「這個圈子裡，男人們想要灌醉女孩都是從無關緊要的第一杯開始，如果有了第一杯，就沒有辦法拒絕第二杯，他們總有各種各樣的方法敬妳酒。要拒絕，就要從第一杯開始。我剛才只喝了一瓶，卻替妳擋掉了以後所有的酒，今天在場的人都已經明白，任何情況下妳都不會喝酒，絕不會有人再讓妳喝酒。」

我這才真正明白了小六背後的惡意，小波的語氣漸漸嚴肅起來：「琦琦，對女孩子而言，不能碰的東西有兩樣，第一是毒品，不管是不是所謂的軟毒品，別人說得再好聽，告訴妳這東西其實沒有毒、不會上癮，妳都不能沾；第二是酒，一滴都不能喝。」

「我知道了，可以在家裡陪父母喝，不可以和這些人喝。」

小波拍拍我的腦袋，像拍小狗。

他吐完之後，雖然身體不舒服，可還要繼續做生意。我去找烏賊，讓他督促小波抽空吃點兒東西，烏賊一副愛理不理的樣子，我想了想，猜測他是因為小波幫我擋酒不高興，不過，誰在乎他高興不高興？我說完該說的話，轉身就走人。

拿著書，從擁擠的人群中往外擠。和上一次完全不一樣，所有人看到我，竟然主動讓了一條路。大廳裡，又響起了〈像霧像雨又像風〉的歌聲。

呵……呵……

你對我像霧像雨又像風
來來去去只留下一場空
你對我像霧像雨又像風
任憑我的心跟著你翻動

我快速地衝出了歌廳，站在車來人往的街頭，有很迷茫的悲傷感。突然，我開始跑步，沿著街道一直跑，二十多分鐘後，我氣喘吁吁地到了河邊。

站在河邊，聽著河水嘩啦啦地流著，月光灑在起伏的水面上，跳躍著銀光。

站了很久，腦子裡似乎想了很多，又好像什麼都沒有想，直到一個騎著自行車的人從橋上經過時，我才驚覺該回家了，否則就是採取寬鬆教育的爸爸媽媽也要怒了。

一路跑回家，到家時已經十一點了，媽媽的臉色很難看。

我沒等她問，自己主動先道歉：「我和曉菲在同學家裡看《機器貓》，沒注意到時間。」真慶幸那個年代，沒有幾家安裝電話。

媽媽和爸爸的臉色緩和下來：「趕緊去睡覺吧，下次注意時間。」

我點點頭，立即去刷牙洗臉。

• • •

之後，我在K歌廳經常看到張駿和那個女生在一起，人人都說她是張駿的女朋友，隱約間，我知道她已經出了社會，是幼稚園的老師，可更多的，我一點兒都不想知道，甚至她的名字，我都拒絕聽，即使聽到了，也拒絕記住，似乎以為只要我不知道她的名字，就可以當她不存在。

我本來快活似神仙的暑假浮出陰影，我第一次知道，凝望著一個人的時候，胸口竟會脹痛，聽到一首歌的時候會想落淚。其實，我從來沒對張駿抱有任何希望，可是也許我心底有連我自己都不知道的幻念，所以當親眼看到時會異常傷心。甚至我會很惡毒地想，為什麼這個女的不像關荷一樣，瞧不上張駿呢？最好她能甩掉張駿。

那個女的非常喜歡唱〈像霧像雨又像風〉，每到K歌廳，必唱這首歌。

每次聽到這首歌，我就什麼心情都沒了，〈像霧像雨又像風〉被我列為最討厭的歌曲，我幼稚地把K歌廳裡有這首歌的帶子都藏起來。別的客人不能唱，也就算了，可那個女孩很固執，非要唱這首歌不可。小波焦頭爛額地四處尋找，還要一遍遍對女孩子說「對不起」，我看不過去，只能從沙發底下翻出帶子，裝作剛找到，若無其事地拿給他們。

女孩子欣喜地接過帶子，連聲說「謝謝」，友善地邀請我和他們一塊玩。

我冷冰冰、極其不給她面子地說：「我不喜歡唱歌。」

女孩尷尬地笑：「我看妳整天在歌廳玩，竟然不喜歡唱歌？」

小波趕在我狗嘴裡再吐刺語前，把我推出包廂。張駿自始至終冷漠地坐在沙發上，一種看別人故事的置身事外。

包廂的門被關上，我酸溜溜地想，難道關上門之後，你仍這副表情嗎？

幫他們送飲料的小姐姐問我和小波：「那個張駿真和琦琦同年級？」

我不理她，小波和善地回答：「是同一個年級。」

小姐姐無比驚訝地說：「他看著可真不像孩子，比大人還大人。」

我立即說：「他雖然和我同年級，但是他留過級，比我大兩歲，是個大齡留級生。」

小波大概從沒見過我如此刻薄，瞅了我一眼，微笑著對小姐姐說：「人的年齡在心上，不在臉上。妳今年十五歲，很多和妳一樣大的人才剛上國二，還坐在教室裡打打鬧鬧，妳卻已經在外面打工賺錢，不但養自己，還要寄錢給家裡供哥哥讀書，他們如果看到妳，也一定不能相信妳和他們是同齡人。」

小姐姐端著盤子離去時說：「各人的命不同，他們是城裡的娃，我是農村娃，沒得比。」

每年暑假，都有兩個成績抓撓人心，一個是中考成績，另一個是高考成績。

中考成績出來後，一中會在校門口張榜公布成績。一中很有趣，右邊貼自己國中部學生的成績，左邊貼被高中部錄取的學生的名字，所以校門前擁擠著無數焦急的家長和考生，有一中的，更有其他中學的考生和家長。

因為今年王征有參加考試，所以曉菲無比關注，大清早就拖著我去看一中放榜。我和曉菲兩個雖然比同齡人而言個子都算高的，可和大人們站在一起畢竟還是矮，所以，我們縱然特地起了個大早，卻趕了個晚集，等人家都看得差不多時，我們才終於擠到前面，看清楚榜單。

曉菲從第一個開始看，我沒吭聲，悄悄地從最後一個開始看。王征的成績早有耳聞，從第一個開始看，根本浪費時間和精力，不過，這話自然不能對曉菲說。

很快的，我看到了王征的名字。根據名字後的成績，很顯然，他不僅和升學高中無緣，就是普通高中也別想了，應該只能去報考技校。

曉菲仍然專注地一個個往下看，我侍著也是侍著，於是陪著她一塊從前面看。

看了四、五十個名字後，發現一個熟悉的名字——陳勁。我盯著它發了幾秒鐘呆，這個名字竟然就這麼平淡無奇地夾在一堆名字中。

一中的考生將近有四百名，等她一個個看到後面，我已經眼睛都看花了。終於，曉菲看到王征的名字了。

她默默地站著，看了一遍又一遍，似乎不相信自己所看到的。我向來不擅長安慰人，只能沉默地站著。

忽然之間她開始大哭，哭得驚天動地、聲嘶力竭。

天哪！落榜的學生都沒有哭，她卻哭得好像是她落榜了。校門口的家長和學生都看向我們，曉菲哭得淚雨滂沱，壓根兒不管別人如何。我面上鎮靜，心裡只恨不得用衣服把臉包起來。

有的家長本來就因為孩子沒考上在生悶氣，看到曉菲哭得這麼傷心，指著孩子就罵：「你看你，沒考上一點兒反應都沒有，人家沒考上至少還知道哭，知道後悔以前沒好好學習。」

他的孩子鬱悶，我更鬱悶！

我不會勸人，只能沉默地看著曉菲哭，曉菲真像水做的人兒，哭了足足半個小時，仍然眼淚不見一點兒少。我看得心疼起來，悶著聲音說：「別哭了。」

曉菲一邊掉眼淚，一邊悽惶地問：「怎麼辦呀？他沒考上高中，我將來要上大學的，我們是不是不能在一起了？」

「妳不嫌棄他，不就行了！」

「那他嫌棄我呢？」

我真的很懷疑曉菲的腦袋構造和人類不一樣，無奈地說：「他怎麼可能嫌棄妳呢？將來妳是大學生哎！」

曉菲將信將疑，眼淚終是慢慢收了，我本來想請她去吃雪糕、吃涼皮，好好替她補一下剛才損失的元氣，沒想到這傢伙眼中只有色、沒有友。

「琦琦，我不能陪妳玩了，我想去找王征，他現在肯定很傷心，我想去看看他。」

王征又不是考試失手，而是成績一貫很差，他對自己的結果，應該早有預料，要傷心早傷心了，何須等到今日傷心。不過，對著曉菲我只能說：「好啊，那妳就去找他吧！」

曉菲騎著她的自行車風風火火地走了，我閒著沒事，索性走到左邊的紅榜，去看看誰考上了一中的高中部。一中一共錄取了四百人，陳勁的名字夾在兩百到三百之間，實在不容易找。

旁邊有兩個和我一樣看熱鬧的女子，低聲議論：「這個陳勁是不是就是咱們副臺長的兒子？」

「就是吧！」

「不是聽說她兒子特聰明嗎？」

「以前好像是，副臺長還曾經和省作協聯繫，想把兒子編入什麼新中華百名優秀少年，後來孩子自己不爭氣，她心再高也只能作罷。」

我盯著陳勁的名字，想著〈傷仲永〉，不知道他媽媽有沒有後悔讓他跳級，可陳勁……想著他的樣子，又總覺得他不像仲永，仲永只是個書呆子，遠沒陳勁狡詐奸猾。

Chapter 14

演講比賽

有人羨星星之麗，伸手摘星，努力多時，卻不可得。人嘲笑：自不量力。他答曰：伸手摘星，雖未得星，卻心納美景、手不染汙。

晃晃悠悠、淒淒涼涼的暑假結束，新的學年開始，我們從一樓搬到二樓，成為二年級的學生。剛開學，曾紅老師就通知我要參加這個學期市裡舉辦的中學生演講比賽，讓我準備演講稿，題材不限，只要主題健康積極向上即可。

她說主題要健康積極向上的時候，忍不住笑出來，我也笑了。很奇怪，自從小學的趙老師之後，我對老師如對惡鬼，避之唯恐不及，可和曾紅老師莫名地投緣。

我說：「為什麼是我？得不了獎怎麼辦？」

她不耐煩：「妳怎麼老是這麼多問號？讓妳做妳就做！」

「我覺得我不行，其實上次我在臺上腿都在發抖，就是傻笑都笑不出來。」

曾老師彈了彈菸灰，笑著說：「妳連乒乓球桌都站過了，我看妳笑得挺好的，還怕去站大講堂的臺子嗎？」

我一想也是，如今我一長城城牆拐彎的厚臉皮，還有什麼好怕的？

稿子寫完，曾老師改過後讓我再寫，我寫完，她再改，兩個人磨在一起，連改了五遍稿子後，才定下演講稿。同時，她開始手把手訓練我演講。剛開始，只在國文早讀課上，讓我站在自己座位上朗讀課文，等我適應後，她讓我站到講臺上背誦詩詞，內容不限，只要是古代詩詞就好。

這個很容易，拜神童陳勁所賜，從《詩經》到唐詩宋詞元曲，我還都有涉獵。可沒想到，第一天就被曾紅訓斥：「妳知不知道中國的詩被稱為詩歌？背誦成這樣，真是羞辱了『詩歌』二字。」

我板著臉走下講臺，腦子裡思索著如何才能理解詩被叫做詩歌。

放學回家後，打開收音機，找到文藝臺，仔細收聽詩歌朗誦。從詩歌朗誦到評書、彈詞、散文鑒賞，每天的午休時間我都守在收音機前度過，下午的課間活動，我會找一個僻靜角落，一個人對著樹林或者白雲練習。

曾老師不理會我做什麼，只是每天依舊叫我上臺背誦詩歌，時而會罵我兩句，時而一聲不吭，反正我背誦完，她就讓我下去。時間長了，不管講臺下的同學怎麼看我，我都有一種視他人如無物的感覺。

李哥的歌舞廳籌備完成，準備開張，但是名字還沒取好，什麼「麗麗歌舞廳」、「夜玫瑰歌舞廳」、「銀河歌舞廳」，李哥都嫌俗氣，對小波說：「你幫我想個名字。」

小波笑著起了幾個，李哥還沒發表意見，他自己先否定了，然後把手邊的紙揉成團，砸向窩在沙發上的我，說：「琦琦，幫忙想個名字。」

我正滿腦袋的詩詞，隨口說：「在水一方。」

李哥不樂意：「幹麼要在水的一方？我恨不得把路鋪到客人的門口，要他們天天來。」

小波笑著說：「人天天要去的地方是家，可正因為這家要天天去，所以另一個世界才有吸引力。在水一方，想看卻看不清，想得又得不到。」

李哥笑罵：「行了，聽得我腦袋都疼了，正好算命的說我五行缺水，水又能生財，就討個吉兆，用這個名了。」

李哥說完正事，又看著小波說：「小六對你不太滿意，你稍微注意點兒。」

小波說：「對不起。」

我開始凝神傾聽，李哥看我目光炯炯地盯著他，笑著說：「妳看看妳，還怕我把小波吃了不成？把人當箭靶子盯？」

小波擋在我和李哥之間，抱歉地說：「李哥……」

李哥揮手：「小波，你的心思不要那麼細，她算是我看著長大的，我還能和她一般計較？而且我覺得這丫頭八字好像和我們很配，你沒看我們的生意越做越順嗎？」

我噗哧一聲笑出來，小波也笑，李哥帶著幾分不好意思說：「你們可別笑，有些事寧可信其有，不可信其無。」

幾句笑語，三人的嫌隙盡去，小波笑坐到沙發上，李哥看著我們說：「我不是怕小六，老子在外面混的時候，他還不知道在哪裡擤鼻涕，只不過我們現在是做生意，不是混黑社會，和小六走的不是一條路，他們喜歡逞勇鬥狠，我們講的是和氣生財。」

小波立即說：「我明白了。」

李哥又說：「小波，我們結拜的時候，我就和你講過我的想法。年輕時，哪個男人沒幾分血性，誰他媽的不想做老大，可我的老大呢？我那些想做老大的哥兒們呢？他媽的不是殘了，就是廢了，反倒當年蔫不拉嘰的人平平安安地討了老婆、生了孩子。如今跟著我的志剛，當年也是響噹噹的一號人物，可在跟我之前，你們知道他在做什麼嗎？」

小波和我都不吭聲。小波是知道的，卻不願破壞李哥的談話興致，我是真不知道，只隱約記得李哥身邊有個跛子叫志剛。

李哥抽了口菸說：「在當三輪車車夫！我如今壓著你們，是為你們好！當孫子沒什麼大不了，只要有錢賺就好。再說，我也不會讓你們當一輩子孫子。」

小波說：「我以後不會再惹小六不高興了。」

李哥點點頭，問：「你是想繼續留在歌廳幫忙呢？還是去舞廳？」

小波說：「歌廳。」

李哥笑著說：「那好，畢竟上高二了，你又想上大學，好好讀書，做我們之中的第一個大學生，只要考上，學費我來付。」

小波低聲說：「謝謝李哥。」

李哥站起來向外走，經過沙發旁的時候，猛地伸手把我的眼鏡抽掉，我尖叫著追出去，他高舉著眼鏡逗我：「妳的脾氣倒是跟著個子一塊長了，幾年前還奶聲奶氣地叫我『李哥哥』，如果沒有我，妳這小丫頭早鬧出人命了，現在竟然敢瞪我。」

我跳著去搆，卻怎麼都搆不著，李哥說：「叫我一聲大哥，我就饒了妳。」

大廳裡的人都看著我們笑，烏賊也跟著起哄：「四眼熊貓快叫大哥。」

小波抱著雙臂，倚在門口笑。

我繞著李哥左跳、右跳，卻總是無法拿到自己的眼鏡，雖然我邊笑邊跳，可就是不肯叫他大哥，他也就是不肯給我，我有些急了，揪著他的西服，想用強奪。

烏賊大叫：「四眼熊貓又要發潑了，李哥，你可別光提防她的手，她的嘴比手毒。」

打人不打臉，罵人不揭疤！烏賊這傢伙卻是哪壺不開提哪壺！我氣得顧不上搶眼鏡，順手拿起樓梯間當裝飾用的一盤子塑膠蘋果砸向烏賊。我居高臨下，砸得他全無還手之力。

李哥和小波都趴在樓梯上看，邊看邊說風涼話，烏賊氣得破口大罵，邊罵邊逃。

我們幾個以前常在一塊兒笑鬧，打撲克牌、講笑話，可隨著李哥生意越做越大，大家都行色匆匆，即使見面，也總是談正事，很久沒有這麼放開玩鬧了，所以，我們又笑又叫，半瘋半癲，一半因為開心，一半是貪戀這時光。

烏賊抱著腦袋左跳右躲，沒想到幾個人正好進來，我的蘋果滴溜溜地飛向他們，眼看著要砸到走在最前面的一個人，他們中的一個人橫地裡跑出來，一躍，接住了蘋果。

雖然模糊，但我近視度數還不深，他的身影又很熟悉，立即認出接蘋果的是張駿，也想到了剛才砸的是誰，不禁呆住。

李哥一巴掌拍到我背上，用的是空掌，就是五指合攏，掌心盡力後縮，落下去時，因為有空氣在掌中，所以啪的一聲大響，聽著重，實際不疼。

「闖禍了吧？還不給六哥道歉，再多謝小駿哥。」

李哥嘴裡說著，人已經走下樓，熱情地給六哥遞菸敬酒，拉著他坐。

小波把我拉進房間，把眼鏡架回我的鼻梁上，叮嚀我說：「待在屋裡別出去，想回家的時候，如果他們還沒走，就從陽臺翻下去。」

他要走，我拽住他胳膊，說：「你別出去，小六肯定又要叫人灌你酒。」

他笑著安慰我：「沒事的，我酒量好。」

我只得放開他，在屋子裡坐了一會兒，想看書卻看不進去，決定離開。從陽臺上往下翻，手勾在欄杆底下，身子懸空晃來晃去，琢磨著是豁出去直接跳下樓，還是抓住牆邊的排水管滑下去。

旁邊的街上有人不停地按自行車鈴，我扭頭看去，竟是神童陳勁，他騎在自行車上，一腳踮在地上，一腳仍在腳踏板上，瞪大眼睛看著我。我一失神，手上的力氣沒了，瞬間摔下來，一屁股坐在地上，差點兒把屁股摔成八瓣，疼得齜牙咧嘴，頻頻吸氣。

陳勁樂得大笑，險些連著自行車一塊栽倒。我冷冷看了他一眼，裝作不認識，站起來就走。

他推著自行車來追我：「羅琦琦，妳還記得我嗎？」

我裝糊塗，迷茫地看他，他洩氣：「我是陳勁，小學和妳坐過同桌。」

我仍然不理他，他不甘心，似乎有點兒不相信他竟然會被人忘掉，想要提醒我，可難免一不小心淪為自我吹噓，那更是他不屑為之的，所以他只能悶悶地推著自行車，不說話，卻又不離去。

我突然問他：「為什麼？」

他反問：「什麼為什麼？」

「為什麼你不是陳勁了？」

他會過意來，嘴邊慢慢地蔓出笑意：「做陳勁太沒勁，我爸允許我偷幾年懶，要不然，誰知道我媽還會有什麼花招？保不准讓我去當少年大學生，製造轟動新聞。她倒是風光了，我卻要和一堆老頭子老太婆做同學，別說籃球足球，就連打乒乓球的朋友恐怕都沒有了。」

我明白了：「你又要當陳勁了。」

他嘆氣：「是啊，上高中了，要努力考大學，再不好好表現，我爸都要不滿了。」

我微笑：「祝你旗開得勝！」

他也笑：「妳呢？妳打算什麼時候全力以赴？」

我問：「什麼意思？」

他笑著說：「我聽說妳在小學生數學競賽中拿獎了，班裡的同學應該都挺驚訝，我可是一點兒都不覺得奇怪，我和妳坐同桌的時候，就發現妳其實很聰明。」

我不以為然地說：「我和你不是一路人，再見，神童！」說完，就飛快地跑開了。

期中考試成績下來，陳勁從入學時的年級排行兩百多名，一躍而成為年級第一名，創造了一中建校以來成績提升最大的奇蹟，所有老師目瞪口呆，高中老師忙著向國中老師打聽，他是否本來成續很好，只是中考失誤，國中老師當然搖頭否認。

他的成績提升太匪夷所思，以至於國中部和高中部本來消息不相往來，現在連我們也知道他的大名了，再加上他比同級人小了四歲，一瞬間，神童的封號又回到了他身上，就連我們班的李莘、林嵐她們都會談起高中部的這個神人。

曉菲卻是不以為然，生怕我因為神童的光環又動了心思，一再警告我不要喜歡陳勁。她教訓我的口頭禪是「妳是找男朋友，不是找圖書館」。

我聽得哈哈大笑，曉菲永遠都有一套自己的歪理。也許因為她從小到大都是第一，擁有得理所當然，所以一點兒都不稀罕。

期中考試後，我在曾紅的督促下繼續準備我的演講比賽。揣摩了電臺上無數名家的朗誦演講後，我漸漸開始有了自己的心得。

一日，我選擇了劉希夷的〈代悲白頭翁〉。

洛陽城東桃李花，飛來飛去落誰家？
洛陽女兒惜顏色，行逢落花長嘆息。
今年花落顏色改，明年花開復誰在？
已見松柏摧為薪，更聞桑田變成海。
古人無復洛城東，今人還對落花風。

年年歲歲花相似，歲歲年年人不同。
寄言全盛紅顏子，應憐半死白頭翁。
此翁白頭真可憐，伊昔紅顏美少年。
公子王孫芳樹下，清歌妙舞落花前。
光祿池臺開錦繡，將軍樓閣畫神仙。
一朝臥病無相識，三春行樂在誰邊？
宛轉蛾眉能幾時，須臾鶴髮亂如絲。
但看古來歌舞地，唯有黃昏鳥雀悲。

雖在朗誦前就多有揣摩，知道這是一首感嘆時光無情的悲詩，但真正朗誦時，不知為何，誦到「年年歲歲花相似，歲歲年年人不同」處，忽就有了悲切感。

今日，我們都坐在同一個教室裡，明日，我們會在哪裡？我在哪裡？曉菲在哪裡？張駿在哪裡？小波又在哪裡？

古人也提出了我今日的問題，所以質問「宛轉蛾眉能幾時」，給的答案卻是「伊昔紅顏美少年，須臾鶴髮亂如絲」。我們這麼急不可耐地想擺脫老師家長的束縛長大，可長大後，我們是否才明白今日的時光有多麼寶貴？

我朗誦完後，曾紅用力鼓掌，同學們都傻傻地看著我們，他們並不明白我剛才短短一瞬間想過的東西，但曾紅應該明白了。

曾紅讓我下台，告訴我可以不用再朗誦古詩了，從明天開始，課間活動時去辦公室找她。

她帶我去大講堂，讓我站到大講堂的臺子上，居高臨下地看底下空蕩蕩的坐椅。

「從今天開始，我們正式練習演講。演講不同於詩歌朗誦，它還要靠肢體語言打動聽者，我們要學會善用自己的眼神、微笑、手勢去激發聽者的感情。」

我在曾紅的指導下，開始枯燥地一遍遍練習演講，她糾正我的每一個小動作，讓我學會什麼叫落落大方、什麼叫慷慨激昂、什麼叫哀而不傷，她甚至請來高中部的舞蹈隊老師，訓練我如何從臺下走到麥克風前，又如何在演講完後，優雅得體地鞠躬離去。

我跟著舞蹈老師學優雅，在臺上走來走去。曾紅抽著菸，叉著腰，在底下扮粗俗。

舞蹈老師和她是高中同學，大學又畢業於同一所師範大學，感情深厚，常一邊教我，一邊罵她：「曾紅，妳再這個樣子，真嫁不出去了！」

曾紅吐著煙圈不理她，然後冷不丁地指著我罵：「羅琦琦，妳怎麼蠢笨如豬？剛教妳的，妳就又忘記了！笑！笑！妳就是心裡再不樂意，妳臉上都得給我笑！」

拜聚寶盆所賜，我在老師中頗有些小名氣，舞蹈老師留意我的神色，卻看我全不在意，她反倒有些詫異，覺得我和傳聞中的桀驁不馴、目無尊長完全不是一個人。休息的時候她和曾紅說：「這小姑娘有點兒意思，難怪妳這條懶蟲肯費心。」

我如今不是三歲小兒，早知道罵和罵之間、好話和好話之間有千奇百怪的差異，有人可以將惡意藏在誇讚下，也有人會將苦心掩在罵聲中。對你好的不見得是真好，對你壞的也不見得是真壞。

整個年級並不是只有我一個人參加演講比賽，別的國文老師都是挑班級裡最好的人，讓他練習幾遍、糾正一下錯誤也就完事了，曾紅卻偏偏挑中我這種程度差的人，又不辭辛苦地麻煩自己、麻煩別人來訓練我，她就是再罵我一百句豬頭，我也照樣聽得進去。

全市五所的升學國中，齊聚在一中的大講堂，分年級進行演講比賽，電視臺還來錄影，在本市新聞中播出片段。

我總算未辜負曾紅的訓練，奪得了二等獎。舞蹈老師有些遺憾，她說第一名勝在聲音甜美、形象陽光，很青春朝氣，其實我的臺風更穩重，但我和曾紅對成績已是很滿意。

對我而言，在臺上表現得從容不迫，將所學到的全部發揮出來，這是屬於我的成功。而曾紅親手把一個在臺上講話打哆嗦、眼睛都不敢抬的人培養得笑容大方、言談有致，她很滿意自己一手栽培的成果。

我發現我和曾老師有點兒像，都屬於過程中願意拚盡全力的人，但是結果一旦出來，只要達到自我要求，就會覺得滿意。我們都不是鑽牛角尖、非拿第一不可的人。

我去臺上領獎時，眼角突然掃到一個熟悉的身影，張駿正往外走，我有剎那的失神。

禮堂只能容納兩千人，學校並未要求所有的學生參加，來的學生多是老師眼中的好學生，樂於參加班級活動、關心集體榮譽。差等生早藉著這個不上課的機會，當成是學校放假，去外面逍遙了。張駿雖然成績不算差，可我不相信張駿會為了老師和同學的看法，來聽這冗長無聊的演講。

他為什麼會來呢？

思緒剛打開，卻又立即對自己喊停。他為什麼會來，和我又有什麼關係？

●◎●◎●◎●

自從演講比賽得獎後，以後不管大大小小的詩歌朗誦比賽、演講比賽，老師們都會讓我去，我也來者不拒，從學校到全市，所有的活動都參加。一方面是為了得獎，一方面也是為了多多練習，提高技藝。

因為演講比賽，老師們認為我口齒伶俐，辯論賽也讓我參加。

其實，當我克服了羞怯和緊張後，演講比賽已無法讓我滿足。辯論賽卻很刺激，對知識和反應速度的要求更高，正合了我的心意。我喜歡尋找對方言語中的邏輯漏洞，或者用設計過的語言誘導對方掉入我布置的陷阱，方式多樣，變化無常，只要能釘死對方。

我十分享受對方被我詰問住的那一刻。

之後，我在辯論賽中也開始頻頻得獎，甚至和高年級的學長、學姐們代表一中，組隊前往省裡參加比賽。

隨著我的「拋頭露面」，我在老師、家長、同學中也算有了一點兒薄名，連爸爸的同事都聽聞了我的「能言善道」。

我表面上裝得滿不在乎，心裡卻為自己的「成就」暗暗得意。每一次去領獎時，只要想到坐在臺下看我的同學裡有關荷和張駿，我就覺得格外激動，似乎我打敗的不是對手，而是關荷；似乎我的勝利不是為了班級學校，而是為了張駿。

我暗自得意自己進步的同時，卻忘記了，當我在往前走的時候，關荷也沒有原地踏步。關荷寫在校報的一篇文章，被五班的國文老師投到了《少年文藝》。《少年文藝》不僅錄用了，還放在那一期的頭版位置發表，國二的幾個國文老師都在課堂上提起這篇文章，曾紅要我朗讀給全班聽，一起賞析關荷的出色文筆。

也許現在已經很少有人訂閱《少年文藝》了，但是在九〇年代，幾乎所有學校的閱覽室都會訂這本雜誌，在當年報刊雜誌還不多的情況下，它在中國的發行範圍之廣、影響力之大，勝過如今的任何一本青春類雜誌。相較而言，我那個演講二等獎，在市電視臺三秒鐘的新聞實在不值一提。

看到關荷的文字變成了鉛字，印刷在精美的書頁上，我說不清楚自己心裡是什麼感受，反正除了甜，酸、苦、辣都有了，邊讀還得邊微笑，我果真是不負聚寶盆和曾紅一魔鬼一天使的訓練，如今我微笑的功夫也練得出神入化了，至少連我的師父曾紅都看不出來我的微笑是假的。

我以為自己已經在用力跑了，沒想到關荷跑得更快。我剛以為自己有一點點追近關荷時，她又把我遠遠地甩到了後面，我心裡的那點兒小驕傲還沒來得及膨脹就被擊打得粉碎。

想著八班的國文老師肯定也會在課堂上誇讚關荷的才華，說不定也叫了一個同學朗讀她的文章，讓全班集體欣賞，我忍不住地想張駿會是什麼感覺，大概滋味也十分複雜，但肯定不會像我一樣滿肚子苦澀的嫉妒。

Chapter 15

王征的情人

少女的心如花，會為喜歡的人盛放，也會為喜歡的人凋零。

有人的盛放與凋零如陽光下的紅玫瑰，不管開與落都轟轟烈烈，成為旁人回憶中的傳奇；有人的盛放與凋零如山谷中的野百合，不管開與落都無聲無息，成為被時光掩埋的祕密。

我太專注於自己的事，等演講比賽結束後很久，才知道王征沒有去上技校。

那個年代，在我們市裡，不管成績有多差，技校總是要上的，因為技校是和幾個大型國營企業合辦（如今被叫做壟斷性企業）的。技校畢業後，根據各自的專業直接進入各個大國企，肯定會有一份穩定的工作，收入不錯，福利相當好。

所以，要求低一點兒的父母並不擔心孩子成績差，因為成績差也有一個鐵飯碗的出路。可王征非常有個性，他不顧父母的哭求威脅，就是不去上技校，這種行為在當時簡直是一種自殺。

王征帶著他的爵士鼓來到了「在水一方」，又找了幾個志同道合的朋友組織了一支樂隊，開始駐場表演。

當時，我們市裡的歌舞廳多數都是放錄音帶伴奏，像李哥這樣雇用現場樂隊伴奏的幾乎沒有，再加上王征長得真的是英俊，燈光一打，爵士鼓敲起，更是有一股旁若無人的狂放不羈，看得女孩子們都意亂情迷。

李哥找了幾個漂亮姑娘，打扮成電視上瓊瑤劇的女主角樣子，在臺上唱歌。很快的，「在水一方」在我們市裡紅得發紫，不管男的、女的都爭先恐後前往。聽說連旁邊的雜貨鋪都發財了，可想而知「在水一方」是個什麼樣的銷金窟。

不過，也不用把出入歌舞廳想得太複雜，那個年代的社會風氣比現在好很多，歌舞廳就是聽歌跳舞的地方，我一個同學的爸爸媽媽經常去跳舞，週末還帶著我同學和她姐姐一塊兒去玩，兩姐妹的成績都很好。

但是，也不是說歌舞廳就沒有雜七雜八的事情，在年輕人中，嫖、賭、毒都會有，只是深藏在檯面底下。

因為王征在舞廳演出，曉菲也開始經常出入舞廳。

周圍各色女子環肥燕瘦，她們的穿衣打扮、舉動作風和學校裡的學生完全不一樣，和男生簡簡單單說一句話，都能低迴婉轉變換多次。

王征對曉菲越來越冷淡，甚至非常討厭曉菲跟著他去舞廳。曉菲的心亂了，自信在慢慢崩潰中，她不再拒絕別人叫她「菲兒」，也在不知不覺中模仿《十六歲的花季》中陳菲兒的裝扮，似乎唯有借助明星的模樣，她才能壓過別人。

而這些我一無所知，我忙於準備演講比賽，忙於追趕心中的影子，直到小波來找我。

小波告訴我：「琦琦，葛曉菲昨天晚上喝醉酒和人打架，李哥看在妳的面子上沒說什麼，不過妳最好勸勸她，讓她不要再去『在水一方』。她年紀太小，沒有家長的陪同，不適合出入舞廳。」

我茫然，山中方一日，世上已千年了嗎？

當天晚上，我也走進了「在水一方」。雖然學校嚴禁中學生出入歌舞廳，可很明顯，進進出出的中學生還不少，光我認識的就有好幾個，像是我們班的李莘、八班的班花童雲珠，個個都是面目姣好的少女。美女們年紀小小就會有很多男生追在後面，不是每個人都和關荷一樣清心寡欲，大部分的美女都會在枯燥的課本和有趣的男生中間，選擇後者。

臺上，一個穿白紗裙的長髮女子正在唱〈月亮代表我的心〉，一對對男女在舞池裡翩然起舞，燈光迷離如若星光，映照著他們的舞步。

舞池旁邊的每張小桌子上都點著燭光，乍一看，竟真是在水一方，浪漫得不似人間。

我第一次進舞廳，手腳都不知道該往哪裡放，面上卻不露怯色，鎮靜地一桌桌走過去，仔細尋找著曉菲。真看清楚了，才知道這絕不是《詩經》中的「在水一方」，閃爍的燭光不是浪漫，而是欲望。

找了一圈都沒有找到曉菲，經過包廂，從門縫中瞥到一個梳著小辮子的女生，她身旁的男生在灌她酒，她低著頭，肩膀抖動，好似在哭泣。

我立即衝進去，半空裡一隻手突然伸出，一手握住我的手腕，一手壓著我的肩，強迫著我後退。後退中，沙發上的女子抬起了頭，二十歲左右，嘻嘻哈哈地笑著，全身上下都在輕顫，而和她一起玩的男子是小六。

我竟然差點兒又闖禍。

握著我的手腕，把我強拽出包廂的人是張駿，一旁站著他的幼稚園老師女朋友，雖然他救了我一次，我卻沒領情，瞪了他一眼，甩掉了他的手。

張駿冷著聲音問：「妳想幹什麼？」

我問：「葛曉菲在哪裡？」

張駿說：「不在這裡。」

他的女朋友卻說：「葛曉菲？就是那個自以為自己是陳菲兒的人嗎？」

我盯著她，她笑著指指另一個包廂：「在那邊。」

我迅速跑過去，看到曉菲和一群男男女女擠在一起。用「擠」這字形容真的一點兒都不誇張，本來只能坐七、八個人的沙發，現在容納了十幾個人，男男女女你摟著我，我攀著你，坐在一起。有人在喝酒，有人在吸菸，昏暗燈光中，化了妝的女生看上去幾乎一模一樣。

我不敢相信眼睛看到的一幕，心痛至極，從他們中擠過去，拽著曉菲。曉菲不知道是喝醉了，還是吃了不該吃的東西，迷迷糊糊地笑著，我拽她，她不樂意地打掉我的手。

她身旁的人都笑，很多人不耐煩，直接大聲叫罵著「滾開」、「別找打」。我不吭聲，強拽著曉菲起來，挨著曉菲的男生火了，站起來想動手打我。

張駿突然出現在我身後，說：「讓她走。」男的又坐了下去。

我半抱半拖地把曉菲弄出來，她在我懷裡不依地又嚷又叫，驚動了看場子的人，幸虧領班見過我，看場子的人才沒和我起衝突。領班幫著我把曉菲弄到一旁，曉菲躺在沙發上，呵呵傻笑。

我看著她，不知道該怎麼辦。她怎麼會變成這個樣子？這樣的小辮子，這樣的髮型，真的很像陳菲兒，可她哪裡有陳菲兒清純的氣質？哪裡有陳菲兒窘境中仍積極的精神？

我問領班：「她只是醉了，還是……」

領班俯下身子仔細查看後，告訴我：「就是醉了，沒亂吃東西。」

我稍微放心了點兒：「王征呢？」

領班看了一眼錶，說：「還沒到他上場的時間，不過快了。」

「王征有女朋友嗎？」

「到我們這裡的女客人都喜歡王征。」

領班的回答很巧妙，不過我不打算給她含混帶過的機會。

我指著曉菲問：「他對這個女孩子如何？有沒有欺負她？」

領班遲疑著，我說：「如果小波站在這裡問妳話，妳也這麼吞吞吐吐嗎？」

她立即說：「一般，甚至有些不耐煩，比對其他人壞。」

我把玩著桌上的蠟燭，蠟油滴到我的手上，我不但沒擦掉，反倒將蠟燭傾斜，聚精會神地看著它一滴滴落在我的掌心。

領班坐到我身邊，謹小慎微地說：「王征不是壞人，喜歡他的人很多，他卻從來不利用這些女孩子的感情，趁機占人家便宜。我覺得……我覺得他對這個女孩子壞，是為了她好。我聽樂隊的人私下說，王征正在存錢，他將來想去廣州，那邊有很多和他一樣喜歡音樂的人，會有公司找他們出唱片。」

我怔住，呆呆地看著蠟燭的油滴落到我的掌心，領班低聲說：「我要去工作了，王征再過幾分鐘就上場，妳要喝什麼嗎？」

「不用了。」

一個梳著雙辮的女孩，在臺上唱〈路邊的野花不要採〉，她的臺風甚是活潑，引得臺下的人也跟著她笑鬧。等她唱完，舞廳裡的氣氛卻突然一靜，年紀大一些的人開始陸續離場，越來越多的年輕男女湧進舞池。

我正凝神看著匯聚到舞池中的男女，突然，幾聲削金裂帛的電子吉他聲響起，砰砰的鼓聲中，充滿金屬質感的搖滾開始，和剛才的靡軟之音截然不同，整個舞池如同突然從溫厚的中年人變成了激昂的少年人。

人潮人海中有你有我
相遇相識相互琢磨
人潮人海中是你是我
裝作正派面帶笑容
不必過分多說自己清楚
你我到底想要做些什麼
不必在乎許多更不必難過
終究有一天你會明白我
人潮人海中又看到你

一樣迷人一樣美麗
慢慢地放鬆慢慢地拋棄
同樣仍是並不在意
不再相信相信什麼道理
人們已是如此冷漠
不再回憶回憶什麼過去
現在不是從前的我
曾感到過寂寞也曾被別人冷落
卻從未有感覺我無地自容

舞池中的男女都很激動，一邊揮舞著拳頭，一邊大聲地跟著樂隊一起唱，似乎所有的壓抑到了現在才發洩出來。

我看向樂隊的爵士鼓後方，一個穿著緊身黑皮褲、白襯衣的英俊男子正聚精會神地打著鼓。眼睛低垂、表情冷漠，不看臺下一眼，只沉浸於自己的世界中，隨著身體劇烈的動作，長髮無風自動，和他臉上異樣的冷靜，形成了對比鮮明的魔力。那麼張狂、鮮明、熱烈、燃燒，卻又視旁人若無物，冷酷到近乎冷漠，的確讓人不能移目，難怪女孩子會為他發狂。

一瞬間，我似乎就在音樂聲中讀懂了王征，他除了自己在乎的，其他一切都不存在，難怪曉菲喜歡他，他多麼像曉菲呀！旁若無人，只為自己的心而活，可曉菲在乎的是他，他在乎的只是他的音樂。

我回頭，卻發現曉菲已不在沙發上，我趕忙擠進舞池中去找她。望著臺上的王征，我心下不安，曉菲究竟有多喜歡王征？

一曲完畢，臺上的音樂換成了〈一無所有〉。

「我曾經問個不休，你何時跟我走，可你卻總是笑我一無所有……」

人群更加瘋狂，四周的男男女女都在嘶吼，從沒接觸過搖滾的我第一次知道了它的魔力。

我艱難地穿過人群找著曉菲，終於看見她。

她跌跌撞撞地向臺上爬，似想去抓住王征，剛才摟著她的男子出現，一把抱住她。曉菲想推開他，推了幾次終於成功，剛要走，卻又被男子拖進懷裡，曉菲轉身就給了他一耳光，他也毫不客氣地一巴掌搧回去。

震耳欲聾的音樂聲中，大家仍在狂歡，絲毫沒人留意到舞池一角的混亂。臺上的王征雖看到自己腳下的一幕，卻無動於衷，只冷漠地敲著鼓。

我終於擠到臺前，那人還想抱曉菲，這次沒等曉菲出手，我一巴掌甩到他臉上，他呆了一呆，勃然大怒想要打我。我隨手拿起臺子邊的一盞鋼管燈，考慮著要不要直接朝他腦袋掄過去，他看到我手裡有傢伙，停了下來，叫他的幾個哥兒們圍過來，壞笑地看著我。

因為在舞池角落，和一旁的桌子很近，桌子上還有客人未喝完的酒和飲料，剎那間，我有非常惡毒的想法，如果我突然往他們身上潑點兒飲料，再把鋼管裡的電線拔出來，扔到他們身上，不知道會發生什麼事，不曉得書上說非純水的液體可以導電是不是真的。

不過，張駿和小波都沒給我這個機會去實際驗證，他們一個擋住那群人，一個攔在我身前，小波臉色鐵青，一把從我手裡拿走燈柱，揪著我往外走，他身旁的人押著曉菲。

李哥在辦公室等著，看到我，笑咪咪地問：「女土匪，妳打算怎麼一個人對付這麼多男人？」

我不吭聲，他瞪了我一眼，看著已經清醒的曉菲說：「又是為了王征！真他媽的煩！去把王征叫來！」

王征進來時，看到我們一屋子人，一副三堂會審的樣子，卻沒有絲毫反應，神情很平靜。

李哥說：「這丫頭是我們小妹的朋友，今天為了你，鬧得我們小妹和六哥的人差點兒槓上，你今天在這裡把話給她說清楚，我以後不想再在舞廳看到她。」

我想阻止，可轉念一想，李哥的方法雖然殘忍卻是快刀斬亂麻。

曉菲看到王征，立即又整理頭髮，又擦眼淚，又是悽惶，又是喜悅。

王征走到她面前，盯著她的眼睛，非常清晰地說：「我知道妳喜歡我，可我不喜歡妳。我以前不點破，是覺得妳年紀小，把妳當妹妹，希望妳自己能明白，可妳現在鬧得我不能安心工作，讓我非常討厭妳，妳能不能從我眼前消失，讓我安心工作？」說完，就看向李哥，「可以了嗎？」

李哥點點頭，王征轉身就走。

曉菲臉色煞白，不能置信地盯著王征的背影，大聲叫：「王征！王征哥哥……」

王征壓根兒不理她，很快就消失在走廊裡。

如果曉菲此時放聲大哭，我反倒能心安一點，可她痴痴呆呆地盯著外面，好像失去了魂魄，我從沒見過曉菲這樣，擔心地叫：「曉菲！」

曉菲突然大叫：「都是妳，妳為什麼這麼多事！誰要妳多管閒事！」

她邊說邊向外跑，我正要追，小波揪住我，對門口站著的人吩咐：「去盯著點，送她回家。」

曉菲從小到大，只怕從沒有過什麼挫折，今天卻被自己喜歡的男生當著眾人的面拒絕，她此時的心思我完全能理解，聽到小波吩咐人去看著她，我也就決定不再去煩她，讓她一個人靜一靜。

李哥看屋子裡只剩下我們三個了，起身關上門，很頭疼地問小波：「她怎麼脾氣這麼衝？我當年看到你打架，以為你就夠猛的了，她怎麼比你當年還猛呀！」

小波盯著我：「妳剛才有把握打過他們嗎？」

「沒有。」

「那我看妳一點兒都不害怕，心裡應該有點兒譜，妳不會認為看場的人會幫你打客人吧？」

「我手裡是燈，身旁的桌子上有非純水的液體。」

李哥沒聽明白我說什麼，小波卻已經完全明白，他猛地一下抬起手，想要打我，卻在快搧到我臉上的時候硬生生地往下壓，想收住掌力，可已經遲了，我正好下意識地側身想躲，他一巴掌拍到了我肩上，我被他打得踉踉蹌蹌地後退了幾大步，差點兒跌到地上去。

李哥大吃一驚，臉上的顏色變了一變，趕緊維護小波：「琦琦，小波好幾年沒這麼生過氣了，他是一時衝動，妳不要生他氣……」

小波卻寒著臉說：「我不是衝動，我是真想打她。」

真奇怪，小波要打我，我一面是生氣，一面卻覺得心裡很溫暖，我開始覺得我的大腦構造和一般人也不太相同。

有人在外面敲門：「李哥，場子裡看見有人吸粉。」

李哥臉色立即鐵青，往外衝前還不忘對小波吩咐：「這丫頭就交給你教育了。」

一瞬間，辦公室裡只剩下我和小波，兩個人都不說話。

很久之後，小波問：「琦琦，妳還和我說話嗎？」

我低著頭不吭聲，忽然之間他的臉上露出了傷心的表情，想說什麼卻又沉默下來。

我咬了咬嘴唇，只得繳械投降，說：「你的問題很白痴，我如果回答了你，不就是和你說話了嗎？可我正在生氣呀，你得哄哄我。小波，你這麼笨，將來怎麼哄女朋友呀？」

「妳還生氣嗎？」

我瞪著他：「廢話！你被人打一下試試，我當然生氣了！不過，我若有個哥哥，哥哥打了我，我氣歸氣，但總不能生一輩子氣。」

他笑了，揉我的肩膀：「疼嗎？」

「嗯。」我索性坐到李哥的皮椅上，讓他幫我揉肩膀。

他一面替我揉著肩膀，一面說：「我小時候，脾氣和妳很像，和人打架時，性子上來，出手完全沒有輕重，撿起磚頭，敢往對方腦袋上招呼，差點兒鬧出人命，幸虧遇到李哥，他花了不少錢，才替我擺平。」

「為了什麼？」

「年少衝動，為了一些當時覺得很重要，實際上並不值得的事情。妳假設一下，如果我以前真鬧出人命會怎麼樣？」

「我就不能認識你了。」

他笑起來，知道我在避重就輕，也不點破，只說：「琦琦，人年輕的時候，可以犯很多錯誤，都有機會糾正，可有些錯誤不能犯，如果犯了，再沒有回頭路走。」

我不吭聲，小波坐到了李哥的辦公桌上，雙臂扶在椅子的把手上，身子前傾，凝視著我。

「我們自小和別的孩子不一樣，別的孩子的生活中有歡笑和疼愛，他們有畏懼、有眷念，但我們沒有，我們對世界、對自己都懷著悲觀絕望。

我們潛意識裡會覺得活著是一件很辛苦的事情，可是，這是不對的，正因為命運給我們的太少了，我們才更要學會愛自己、珍惜自己。妳真以為我生氣是因為妳想弄死那三個人？如果沒有法律，妳若想殺他們，我幫妳去找刀。」

「那……那你生氣什麼？」

「我生氣的是，妳竟為了這麼三個垃圾就想毀掉自己，難道妳在自己心中就這麼輕賤？」

我的眼淚到了眼眶裡，卻不願他看到，撇過了頭，他也體諒地直起了身子，眼睛看向了別處：「小時候，我們都太弱小，為了對抗來自外界的欺辱，必須以豁出去的態度去拚命，可我們現在已經長大了，必須學會用其他方式處理生活中的矛盾。」

我偷偷抹掉眼淚，笑著說：「下次我會學會控制衝動。」

小波微笑著又說：「外面的世界很大，總要飛出去看一看才不枉這一生，所以不能讓翅膀太早受傷。」

我似懂非懂，飛到哪裡去？要看什麼？

小波問：「琦琦，妳將來想做什麼？」

除了作文課上的「我的理想」，似乎從來沒有人問過我這個問題，我皺著眉頭思索了一會兒，說：「不知道啊。小時候，我想長大了就去和外公一起住，可外公已經走了。」

「大學呢？」

「上不上都無所謂，我對大學沒執著，上技校也挺好，我家隔壁的姐姐在水電廠上班，每天看著儀器發發呆就有錢拿，十七歲就可以自己養活自己，我如果能像她一樣就很好。」

小波沒想到我竟然有十七歲去水電廠上班掙錢的宏大志願，忍著笑問：「每天盯儀錶，妳不怕無聊嗎？有沒有很喜歡做的事情？」

「嗯……嗯……我喜歡看書，也許可以開個小書店，既可以每天看書，又可以賺錢。」我說著興奮起來，「你做生意，曉菲上班，我們週末的時候聚會，一起打撲克牌、吃羊肉串、喝啤酒。」我指著他，「你這麼小氣，將來肯定是有錢人，不許嫌貧愛富！」

小波大笑：「好，我請客。」

我也笑起來，有一種快樂，有一種安心。

小波看了看錶，說：「我送妳回家。」

兩人肩並肩向外走，雖近午夜，舞廳裡仍是歌正好、酒正酣。

我問他：「這裡的布置是你的主意吧？」

「嗯。」

張駿和他的女朋友坐在一起，若有心事的樣子，對方說五句，他回一句。女子邊搖他的胳膊邊說話，眼睛看著舞池，似在央求他去跳舞。

我心中湧上一陣一陣的酸痛，眼睛卻移不開視線，真是自虐。

張駿突地站起來，我的心忽然一跳，又立即發現他是看著小波。小波和他打招呼：「剛才真是多謝你。」

他客氣地說：「是我們不好意思，在李哥和小波哥的地頭惹事。」

小波對領班招手，叫她過來，笑著吩咐：「這桌的酒錢都記在我賬上。」

張駿沒有推辭，只說：「謝謝小波哥。」

張駿的女朋友說：「小波哥有事嗎？若沒事，大家一起玩吧！」

我忍不住冷冷地譏諷：「小波比妳年齡小，他該叫妳姐姐，妳怎麼叫他哥哥？」

女子的臉漲得通紅，眼淚都要出來，看來她心裡還是很介意自己比張駿大的事情。

小波盯了我一眼，正想說幾句話，緩和氣氛，一直淡淡的張駿突然笑著說：「她是我的女朋友，我既然叫小波哥，她當然也要跟著叫小波哥。」

女子立即破顏為笑，輪到我被噎住，不過我也沒被聚寶盆和曾紅白訓練，心裡早已山西陳醋打翻了幾缸，而且還加了黃連，臉上卻笑得春風燦爛，親密地挽住小波的胳膊，說：「我們走吧！」

小波和張駿打招呼：「不打擾你們玩了，先走一步。」

出了歌舞廳，我問小波：「你覺得剛才那女孩漂亮嗎？」

小波問：「哪個？舞廳裡到處都是女孩。」

「就是張駿的女朋友。」

「沒注意看，妳很討厭她嗎？剛才怎麼那樣說話？這張駿雖然跟著小六他們混，脾氣倒不像小六，今兒個晚上的事情，妳應該謝謝他。」

我頓時洩氣。算了！問出來漂亮不漂亮又能怎麼樣，反正總比我漂亮就行了。我半真半假地說：「她說了曉菲的壞話，我看她不順眼，她自己也不是什麼道德楷模，有什麼資格評判曉菲？」

小波嘆著氣笑。

已經快到我家樓下，我向他揮手：「不用再送了，我家鄰居很多是長舌婦。」

他站住腳步，我咚咚地跑回家。

晚上，躺在床上，想到曉菲，再想想自己，看似命運不同，但何其相似，我們愛的人都不愛我們，她愛的人愛音樂的寂寞清冷，我愛的人愛紅塵的繁華誘惑，誰更幸運一點兒？

Chapter 16

傷心也是一件很複雜的事情

傳說中，鯉魚要跳躍龍門，褪去全身魚鱗，斬斷魚鰭，才能化作龍；
傳說中，鳥要自焚身體，經過浴火之痛，才能化作鳳凰。
難道青春必要經過愚昧的痛苦，才能獲得成熟的智慧？

自從王征明確說明不喜歡曉菲後，曉菲不再去舞廳。

她看上去似乎和以前一樣，依舊大聲地笑，大聲地鬧，彷彿壓根兒不記得王征是誰，可她不再是她，她穿上衣服、梳好頭髮後總會問我：「好看嗎？」一遍又一遍，似乎她好看不好看，完全取決於別人。

她不再拒絕男生們的邀約，喜歡和學校裡最出風頭的男生出去玩，可出去幾次，她就又膩味了，不再理會對方，換下一個。她成了我們年級最愛玩的女生，在其他女生眼中，她換「男朋友」的速度和換衣服一樣，如果男生這樣，女生會說他是「男人不壞，女人不愛」，可對曉菲，她們不吝惜用最惡毒的語言在背後攻擊。女生對比自己漂亮的女生有與生俱來的敵對，無事都有三尺浪，何況如今曉菲的確玩得太瘋。

我冷眼看著曉菲的變化，雖然心痛卻毫無辦法，因為我知道我無力阻止，如果我說得太多，她的選擇不是聽從我，而是會遠離我。

我只能如同對待叛逆期的孩子，耐心地陪在她身邊，希望著她這段迷亂悲傷的日子早一點兒過去，等她心痛平息後，她會發覺王征的否定並不代表人生的否定，她是否美麗來自於她的內心，而不是他人的言語。

我用自己和她的友誼盡力影響著她的決定，但凡技校和在社會上混的男生一概排除，盡量把她的朋友圈固定在中學生裡。在我想來，這些人畢竟較為單純，曉菲和他們玩，仍是少男少女的懵懂遊戲，不會出什麼事情，只是對不起他們了，讓他們做曉菲失戀的炮灰。

那段時間，我過得很混亂，一面是言情小說中美麗的愛情世界，一面是現實的殘忍，如果說我得不到心目中王子的青睞，還能理解，可曉菲呢？她漂亮、聰慧、熱情、善良，可她的王子連看都不肯看她一眼，我開始困惑，這世界上真有一種東西叫愛情嗎？女孩子真的可以希冀這世界上有一個男孩全心全意地疼她、愛她嗎？

困惑歸困惑，我仍然喜歡看言情小說，繼續孜孜不倦地閱讀著言情小說，從一個夢裡出來，又進入另一個夢。現實生活太貧瘠，唯有小說織造的夢能給生活增添些許色彩。

在成長的傷痛和困惑中，國二的第一學期結束。期末考試成績公布，別人沒什麼變化，曉菲卻只排班級第四。在別人眼中，這仍然是好成績，可對曉菲而言，這卻是她個人歷史上最差的成績。

曉菲毫不在乎，不但沒有收斂，反倒因為寒假到來徹底放開去鬧，她有意地回避和我有關的地方，既是躲著王征，也是不想我管她，可我怎麼可能不管她？

有一次她喝醉了，在別人的歌廳裡發酒瘋，我去接她，她撲在我身上大哭。她心痛至極，我卻什麼都做不了，只能拍著她的背，一遍遍地說：「會過去的，一切痛苦都敵不過時間，終有一天，妳會忘記他。」

可我說得連自己都不能肯定。真的嗎？我們真的會忘記自己喜歡過的人嗎？

正要扶著曉菲離開，卻聽到歌廳角落裡也有人在哭，聲音有些熟悉，回頭一看，竟是張駿的女朋友，曉菲是因為王征傷心，她又是為何在此傷心？

我想離開，可看她一個女孩子喝得醉醺醺，畢竟不放心，只能把她也帶出來。

曉菲這個樣子，我不敢直接送她回家；張駿的女朋友，我不知道住哪裡，只能叫了輛計程車，先去小波的歌廳。

烏賊派人去找張駿來接人，我給曉菲灌濃茶。

張駿來時，他的女朋友醉得不省人事，烏賊招呼他，張駿客氣地說：「麻煩你了。」

烏賊指著我：「是四眼熊貓突然日行一善，和我沒什麼關係。」

張駿掃了我一眼，沒有吭聲，扶起女朋友就離開了。我盯著他的背影，突然有股衝動用手裡的蘋果砸暈他。

烏賊打了個寒顫，說：「四眼熊貓，妳既然這麼討厭張駿，幹麼要幫他女朋友？」

我甜甜一笑：「誰說我討厭他？」起身去看曉菲。

烏賊在我身後嘟囔：「不討厭，幹麼把蘋果掐成這樣？」

曉菲酒醒後，我把她送到她家樓下，看著她上了樓我才離開。我知道，她明天依舊會和某個男生出去玩。這些男生照例是不善於學習，卻善於玩的，精通的是抽菸喝酒打架。

其實，從某種意義上而言，我也處於失戀中，只是我膽小怯懦，什麼都藏在心底，所以連傷心也不敢流露。

我報了寒假繪畫班，開始認真學畫畫，小波則為了高三能分到升學班，開始拿起課本，邊溫習功課邊做習題。

小波看我整天和一堆色彩搏鬥，弄得自己和一隻花貓一樣，不禁好奇地問我：「妳怎麼突然對畫畫有了興趣？」

我突然決定把自己的祕密告訴他：「因為我嫉妒一個女生，她太優秀，聰明美麗，學習成績好，會拉二胡，會唱歌，會寫字，還寫得一手好文章，簡直什麼都會。」

小波沒聽明白：「這和妳學畫畫有什麼相關？」

「我打聽了很久，聽說她不會畫畫，所以我決定學畫畫。」

小波聽得發呆，繼而大笑：「妳竟然會嫉妒人？她叫什麼名字？我想去看看她究竟長了幾隻胳膊、幾隻眼睛。」

我瞪他：「不行！所有見過她的男生都喜歡她，我不許你喜歡她，所以你不能見她。」

小波驚異地說：「妳真的嫉妒她？」

我點頭，無限惆悵地說：「以前甚至恨不得自己能變成她，很討厭做自己，可現在明白不管喜歡不喜歡這樣的自己，我只能是我，所以不再討厭自己，卻依舊羨慕嫉妒她。她是我心目中最完美的女生，我表面上滿不在乎，實際心裡一直在暗暗比較，也一直在暗中用功和努力，可每當我覺得自己比以前好一點兒、優秀一點兒了，一看到她，立即就會發現我們的距離還是那麼遙遠。」

「我覺得這輩子，無論我怎麼努力，都絕對不可能追上她，就連嫉妒她都是一件很可笑的事情，因為嫉妒只適合於差距不大的人，比如，李莘可以嫉妒曉菲長得比她漂亮，卻絕對不會去嫉妒林青霞比她好看，所以，你明白嗎？其實我連嫉妒她都沒有資格。」我長長又重重地嘆了口氣，「我只能去揀人家的弱項學學，偷偷給自己一點兒信心，聊勝於無吧！」

小波溫和地說：「妳就是妳，獨一無二，無須和別人比較。」

我不吭聲，埋頭去調水彩。

他不會明白的，那種羨慕一個人羨慕到渴望擁有她所擁有的一切。

大年初三依舊去給高老師拜年，高老師感慨地說：「去年還有不少同學來拜年，今年已經少了一大半，我猜明年就剩妳和張駿了。」

她問我成績，我如實彙報，高老師笑著嘆氣，問我：「打算什麼時候好好學習？」

我老實地說：「其實，我對理科都很感興趣，也有認真看書，只是不夠刻苦而已。我也想刻苦的，可一旦玩起來，就不想念書了，真不知道那些好學生怎麼能忍住的？」

正在和高老師聊天，張駿來拜年。他和我拜年的方式完全不同，我是空著兩隻手、帶著一張嘴就來了，他卻是兩隻手提滿禮物，果然是有錢人。

高老師見到他很高興，一邊讓他進來，一邊說：「來得真巧，琦琦正好在。」

我站起來說：「高老師，我和同學約好去她家玩，所以就不多坐了。」

高老師很遺憾地問：「不能再坐一會兒了嗎？我們三個很長時間沒一起聊天了。」

我抱歉地說：「和同學一早就約好了。」

張駿站在一旁，神情淡淡，一聲不吭，我和高老師道過「再見」後，離開了高老師家。

雙手插在大衣兜裡，漫步在寒風中，我試圖分析清楚自己的心。

沒見到張駿的時候，我會一直想著他，猜測他在幹什麼，甚至企盼和他偶然的相遇；可一旦他出現在面前，我卻又迫不及待地想逃走。我究竟是想見到他，還是不想見到他？

多麼複雜矛盾、不可理喻！

分析不清楚，索性不分析了，回去練習畫畫。

人心太複雜，沒有任何道路可以通向人心，可畫畫這些東西，卻可以透過勤練掌握。

經過春節，人人口袋裡都有不少錢，天氣又正寒冷，大家都喜歡窩在屋子裡的活動，所以K歌廳的生意非常好。

我今年的壓歲錢全都貢獻給了繪畫事業，既痛苦又甜蜜，痛苦的是口袋裡沒有一毛錢，不管看見什麼都只能眼饞，甜蜜的是看著一排排的筆和顏料，覺得特有成就感。

我妹妹開始學電子琴，那個年代的父母都想兒女們學點兒才藝，可除了陳勁那樣的家庭，很少有家長能負擔得起小提琴、鋼琴，所以絕大多數都選擇了電子琴，以至於全班女生找不到幾個沒學過電子琴的，業餘教電子琴的音樂老師全都賺了個盆滿缽滿。

妹妹整天在家裡製造噪音，我就把所有的繪畫工具搬到小波的辦公室，爸爸和媽媽看到我一張又一張的塗鴉，覺得我仍在好好學習、天天向上的康莊大道上，對我很放心，繼續採取無為而治的教育政策。

我很高興他們對我的寬鬆教育，讓我可以自由自在地和烏賊這種「不良青年」偷偷交友，可是，某個時候，看到妹妹偷懶不練琴，被爸爸斥責，甚至罰她晚上不許看電視而必須去練琴的時候，我又會感覺很複雜，似乎希望爸爸媽媽來罵罵我、懲罰一下我。

人心啊，真是很複雜！

大年初八那天，我捧個畫板，坐在陽臺上觀察人生百態，裝模作樣地學人寫生，看到張駿和他女朋友並肩進來。

不一會兒，包廂裡傳來〈像霧像雨又像風〉的歌聲。

你對我像霧像雨又像風
來來去去只留下一場空
你對我像霧像雨又像風
任憑我的心跟著你翻動

我嫌惡地皺了皺眉頭，收起畫板準備進屋。突然聽到歌聲中透著哽咽，不禁停住了腳步，探頭探腦地去偷看。我知道偷窺不對，但我控制不住自己。

女孩邊唱邊哭，張駿幾次想把麥克風從她手裡抽走，都沒有成功，反倒讓她眼淚越落越急。張駿後來放棄了，面無表情地坐著。女孩終於唱完了歌，對著張駿又哭又說，張駿卻一句話不說，只是偶爾點個頭。過了很久依然是這樣，我都看累了，他們還不累嗎？

女孩抹掉眼淚，對張駿很勉強地笑了笑，跑出了K歌廳。張駿卻依然坐在那裡，好像在發呆，又好像在思索問題。

他沒動，我就也縮在角落裡，隔著包廂門上的玻璃，看著他的身影。

第二天，女孩和他分手的消息就傳開了。

大家都很同情張駿，在這個圈子裡，被女人甩掉是非常非常沒面子的一件事情，張駿的心情一定很差。

我卻不管他心情好不好，衝進小波的辦公室，對他嚷嚷：「小波，我們去唱歌，好不好？」

小波詫異：「妳不是不喜歡唱歌嗎？」

「還在過年呢，咱們應該慶祝慶祝。別看書了，去唱歌。」拖著他往外走，揀了一間沒人的包廂，對著電視狂唱。

烏賊他們都來湊熱鬧，我高興得不行，霸著麥克風一首又一首，載歌載舞。

烏賊笑嚷：「四眼熊貓瘋了！」

我說：「我高興瘋了！」這簡直就是今年最好的新年禮物。

有人在包廂外面敲門，烏賊打開門，和對方低聲說著話。

我點的〈心雨〉前奏響起，我立即把麥克風塞到小波手裡，和小波合唱：

我的思念是不可觸摸的網
我的思念不再是決堤的海
為什麼總在那些飄雨的日子
深深地把你想起
我的心是六月的情
瀝瀝下著細雨

想你想你想你想你
最後一次想你
因為明天我將成為別人的新娘
讓我最後一次想你

我對著螢幕邊唱邊笑，小波也是邊笑邊唱，兩個人都肉麻得渾身打冷顫，可又彼此拚了命地往深情裡唱，以酸死人不償命為目的。

小波唱到「想你想你想你想你，最後一次想你……」時，故意很深情悲傷地凝視著我，他平常都老成穩重，難得做這種輕浮樣子，妖嬈笑得前仰後合。

「唱得好！」烏賊鼓掌，大聲叫好，又開玩笑地說：「誰敢和你搶人？咱找幾個哥兒們讓他婚事變喪事。」

我笑著拿起桌上的水果砸烏賊，一側頭，卻看見一個人靠站在包廂一進門的牆邊，竟是張駿。他面無表情地盯著螢幕，小波也看見了他，忙放下麥克風請他坐。

張駿笑著說：「本來想找你喝幾杯酒，不過你們朋友正在聚會，就不打擾了。」

小波客氣地說：「我們就是瞎鬧，你想喝什麼？我讓他們拿上來，咱們邊玩邊喝。」

張駿笑著拉開了門：「不用了，下次再找你喝酒。」說著已經關門而去。

小波滿眼疑惑，烏賊壓著聲音說：「被女人甩了，所以神經突然有些不正常。」

「什麼時候的事情？」

「就昨天。」

下面一首歌仍是合唱歌，我拖著妖嬈一塊唱：「明明白白我的心，渴望一份真感情……」

「我的歌！我的歌！」烏賊從我手裡搶過了麥克風，和妖嬈對唱起來，兩個人不愧是K歌的老手，完全不用看螢幕，彼此對望著，牽著手，深情演唱。

你有一雙溫柔的眼睛
你有善解人意的心靈
如果你願意
請讓我靠近
我想你會明白我的心

看看他們，我齜牙咧嘴地對著小波摸胳膊，表示全是雞皮疙瘩，小波搖著頭笑。

張駿被女人甩掉，我很開心，我非常開心。

我偶爾也會檢討一下，我是不是心理太陰暗了，竟然把自己的高興建立在他人的痛苦上，可還沒等我真正地自我反省，就發現我的良心不安完全是多餘。

有一天我去找小波，發現他不在，烏賊也不在，抓住一個人問，才知道他們和人賭球去了。

我覺得納悶，小波很久沒和人賭球了，怎麼突然和人打上了？看這架勢，還是一場大賭。

匆匆趕去遊樂場，才發覺我好久沒來這裡，變化很大，李哥應該把隔壁的店面也買下來了，兩間打通，比以前大很多，遊戲機也比以前先進。

我不認識看店的人，他倒是認識我，笑著說：「找小波哥嗎？他在裡面打球。」

「謝謝。」

我徑直走進裡面的院子。

撞球桌邊，涇渭分明地站著兩撥人。我沒看到小波，第一眼看到的是張駿，他身旁站著一個容貌豔麗的女子，一頭捲髮，像海潮一般。

女子挽著他的胳膊，看人打撞球，似乎還看不懂，小聲地問著張駿，張駿時不時地解釋幾句。

我定定地看著他們，忘記了我本來要幹什麼，只覺得胸口有什麼東西一抽一抽地疼。

張駿側頭看到我，面無表情，我呆呆地盯著他，不明白他怎麼可以這樣？

女子好奇地打量我，又拽拽張駿的胳膊，他回頭，微笑著在她額頭上親了一下，攬著她的腰，指著撞球桌解釋。

我覺得眼淚在眼眶裡直打轉，想要轉身就跑，卻又覺得我為什麼要逃？我為什麼要在乎他？我不在乎他！他有沒有女朋友、有多少個女朋友，和我有什麼關係？和我一點兒關係都沒有！

我微笑著把眼淚逼回去，走到李哥身邊打招呼：「李哥。」

李哥拍了一下我的腦袋：「好久沒見妳，又長高了。」

我撇撇嘴說：「距離上次你見我，沒長一公分，有學校的體檢表格作證，依舊一六三。小波怎麼突然又和人打球了？」

李哥貌似輕鬆地說：「沒什麼，我和朋友有些事情需要解決，一直沒協商出好方法，索性決定一賭定輸贏。」

六哥在一旁冷冷地笑著，小波打完一個球後，起身時朝我笑了笑。我不敢出聲打擾，站在李哥身邊，安靜地看著。

桌面上的局勢，小波略佔了優勢，可他剩下的球的位置不太好，對方與他相反，更容易進洞。

我悄悄溜到烏賊身邊，低聲問：「賭了什麼？」

烏賊附在我耳邊說：「在水一方。」

我沒聽懂，疑惑地看他，他解釋說：「他們的人在場子裡追龍，李哥和六哥談了幾次，都沒談出結果，所以拿『在水一方』做賭注。如果我們贏了，他們以後不許在李哥的場子玩追龍；如果他們贏了，李哥把『在水一方』給他們。」

追龍就是吸毒，李哥的原則是毒品堅決不碰，不管軟性、硬性，都絕對不碰，不但不碰，甚至不允許在他的場子出現。他這次竟然拿日進斗金的「在水一方」做賭注，想來也是被小六逼得沒有辦法了。

李哥是豁出去了，輸贏都已看開，可小波心思細膩深重，為了李哥，他不得不接下賭局，但如果輸了，他卻會把責任都背在自己身上。

我手心捏著把汗，看都不敢看撞球桌，閉上眼睛，只心裡默唸著「求各路神仙讓小波贏，我今年、明年都再不許任何願，只求小波贏」，一遍遍重複著。烏賊也很緊張，喘氣聲越來越重。

不知道過了多久，聽到大家的歡呼聲，我眼睛睜開一條縫，先看烏賊，看他一臉狂喜，明白小波贏了，立即衝過去，抱著小波的胳膊又跳又叫。

「請我吃飯，請我吃飯！我剛才一直替你祈禱，把自己的福氣都讓給你了！」

小波笑著說：「好，看看有沒有燕窩，有的話請妳吃燕窩。」

他笑得如往常一樣，溫和淡然，可數九寒天，握著我的手卻異樣滾燙，站在他身邊，能看到他後脖子上全是細密的汗珠。

李哥開心得不行，對小六笑著說：「承讓，承讓！晚上一起吃飯，我請客。」

小六寒著臉，沒理會李哥，直接帶著人離開。

我站在小波的身邊，笑顏如花、得意揚揚地看向張駿，似乎在挽回剛才突然見到他有女朋友的失態，又似乎在努力向自己證明，他不算什麼，並不能影響我的情緒。

張駿牽著女朋友的手，從我們身旁走過，看都沒看我一眼。

那麼努力地演戲，卻無人觀賞，我如同用盡全身力氣打出一拳，卻打在了空氣中，沒傷著任何人，反倒把自己弄得狼狽不堪。

李哥興高采烈地安排晚上的飯局，問小波想吃什麼，小波低頭問我想吃什麼，李哥笑著說：「忘記先問我們的福將羅琦琦小姐了，琦琦想吃什麼？」

我看著李哥說：「你怎麼能答應這事呢？你明知道小波……」

李哥有些尷尬，小波掐著我的後脖子，把我掐得彎下了身子，我反手打他，他一邊欺負我，一邊笑對李哥說：「問問有沒有燕窩吧。」

李哥立即說「好」，叫人去酒樓吩咐。

Chapter 17

有悔恨的青春

年少時，因為沒被傷害過，所以不懂得仁慈。
因為沒有畏懼，所以不懂得退讓，我們任性肆意，毫不在乎傷害他人。
當有一日，我們經歷了傷害，懂得了疼痛和畏懼，才會明白仁慈和退讓。
可這時，屬於青春的飛揚和放肆也正逐漸離我們而去。
我們長大了，胸腔裡是一顆已經斑駁的心。

新學期開學後，李莘和倪卿依舊圍著林嵐轉悠，也依舊熱衷於轉播各個班級的俊男美女們做了些什麼。

我們這年級，緋聞最多的女生是曉菲，男生是張駿。李莘現在跟著幾個高中生在外面混，不知道是不是因為聽說過我和小波的關係，她對我異常巴結，知道曉菲和我關係很好，所以從不談論曉菲的是非。

她們不能談論曉菲，自然只能談論張駿。

張駿的新女朋友和他的前一任性格大相徑庭，前一任低調安靜，這一任卻張揚潑辣，絲毫不介意自己比張駿大幾歲的事實，有時候甚至會來學校等張駿放學。

她打扮得時尚摩登，燙著頭髮，化著濃妝，在國中部的小園林中一站，像個電影明星，和我們這些清湯掛麵的女生完全是兩個世界的人。

張駿的緋聞成為女生之間最火紅的聊天話題，連最文靜的女生都會趴到玻璃窗前，好奇地偷看張駿的女朋友一眼。

李莘和倪卿唧唧喳喳地議論，我想走，又忍不住地想聽。

李莘問林嵐：「聽說她和你媽媽一個部門？」

「嗯，去年剛分來的藝專生，跳現代舞的，性格很潑辣厲害。」林嵐幾分狡猾地笑著，「張駿這次只怕要遇到剋星了。」

倪卿問：「是不是沒有人喜歡她？」

「怎麼可能？我媽她們部門的人都是美女，每個都一堆人在追，她人又活潑，很多人追她。」

倪卿很困惑，又問：「那她怎麼和張駿在一起？她那麼老，為什麼喜歡比她小的男生？」

只是一句很平常的話，林嵐卻突然就不高興了，冷冰冰地說：「她喜歡誰是她的自由，妳想喜歡張駿，張駿還壓根兒看不上妳呢！」

倪卿的眼淚差點兒掉出來，李莘幾分幸災樂禍，林嵐不理她們，轉身就走。

過了一段時間，從班級八卦人士的嘴裡傳出小道消息，林嵐的父母在鬧離婚。

那個年代離婚比較罕見，可更罕見的是，林嵐的媽媽是為了一個大學畢業分配到我們市沒幾年的年輕男子離婚，算來那個男子比我們才大了十歲左右。這件事情，當時鬧得沸沸揚揚，幾乎每個人都知道市文工團有一個和小自己七、八歲的男子搞婚外情的女人，連我的父母都聽說了這件事。

媽媽在飯桌上和爸爸議論此事，兩人都完全不能理解，不明白這個女人怎麼了。

媽媽問我班裡有沒有一個叫林嵐的女孩，我不悅地點頭，以為媽媽會像大樓裡其他阿姨一樣，聽說我和離婚放蕩女的女兒一個班，就關切地打聽林嵐的一切情況，似乎林嵐長得很畸形。沒想到媽媽叮囑我，不要說閒話，不要問林嵐她父母的事情，更不要故意疏遠或者故意接近林嵐，以前怎麼相處以後也怎麼相處。

我很意外，但想到外公和外婆的離婚，媽媽大概只是因為懂得，所以慈悲。

林嵐依然是驕傲的，依然是美麗的，依然和李莘、倪卿笑鬧，可她的眼睛中有了不合年齡的冷漠戒備。如果留意看，會發現她獨自一人時常在發呆，可只要有人看她，她會立即用微笑做武器，將自己保護起來。

我和她的關係越來越「君子之交淡如水」，我們平常並不怎麼熱絡，可我能感覺到她相信我，她和我在一起時，可以不說一句話，不笑不鬧，只靜靜地坐著。也許只是因為她知道我從不說人是非，也從不對他人的是非感興趣，所以她在我身邊能感覺到安心。

一個清晨，我剛到教室，她問我：「可以陪我出去玩嗎？」

我看著她眼睛裡布滿的血絲，立即答應。

我們倆沒有和老師請假，也沒有告訴任何人，就騎著我們的自行車出發了。騎了整整一個早上，騎到拍影視的古城，她拿出很多錢，大把大把地花，我們租了無數套古裝衣服和道具，照了無數張相片。

林嵐交了一大筆押金，租了兩套唐朝公主服，又用自己靈巧的手，給我和她各梳了一個漂亮的髮髻。

我們倆穿著唐朝公主的服裝在古城中亂逛，走著走著，她突然說：「我爸爸媽媽離婚了。」

我不知道該怎麼反應，更不知道該如何安慰她，只能沉默，她卻似乎很感激我的沉默，牽著我的手，高高興興地當公主、逛古城。

那一天，我們倆吃遍所有的零食、喝最貴的飲料，看到任何好玩的東西，不管是我喜歡的，還是她喜歡的，她都立即買下。

從小到大，我第一次如此肆無忌憚地花錢，可就在那天，我明白了，這世上金錢買不到快樂。

我和林嵐曠課一天，聚寶盆卻沒有責罵我們，大概他也聽說了林嵐父母正式離婚的消息，他對聰慧能幹的林嵐有著憐憫，後來，他還選林嵐做英語課小老師，對林嵐格外偏愛。

那個時候，林志穎正當紅，每個人嘴裡都哼哼唧唧著〈十七歲的雨季〉。

當我還是小孩子
門前有許多的茉莉花
散發著淡淡的清香
當我漸漸地長大
門前的那些茉莉花

已經慢慢地枯萎不再萌芽
什麼樣的心情什麼樣的年紀
什麼樣的歡愉什麼樣的哭泣

班上幾乎所有女生的鉛筆盒上都貼著林志穎的貼紙，大家都忙著收集林志穎的錄音帶和海報。林嵐因為家庭條件比較好，曾經是流行文化的忠實追捧者，現在卻一反常態，將手裡的海報全部送給李莘和倪卿。我想她在父母的婚變中、外界的歧視下已經快速長大。

如果大人變得像小孩子一樣任性，不肯承擔責任去保護孩子，那麼孩子只能快速地長大，像大人一樣保護自己。

一般來說，父母婚變總會影響到孩子，何況是林嵐父母這樣轟動的婚變，可林嵐的學習成績未受家庭的絲毫影響，她也依然替班上編舞參加文藝會演，她倔強地明媚著、活潑著、張揚著，用自己的不變化來粉碎一切獵奇窺伺的目光，可她顯然不再是我國一時認識的那個林嵐。

有一次，我們倆坐在學校的人工湖邊，她突然說：「還記得轉學走了的女班長嗎？」

「記得。」

她笑了笑，「我們倆大概都不會忘記她，我們欠她的不止一句『對不起』。」

人們常說青春無悔，其實青春怎麼可能沒有悔恨？

年少時的心有著赤裸裸的溫柔與殘酷，我們容易被人傷害，也容易傷害他人。隨著時光流逝，我們會遺忘掉很多人，但是那些傷害過我們的人和我們傷害過的人，卻會永遠清晰地刻在我們有悔恨的青春中。

如果看故事的你正年輕，請記得溫柔地對待那個你遇見的人，不為了他或她對你的感激，只為了多年後，你驀然回首時，青春中的悔恨能少一點。

李哥透過關係，買了一輛公安局淘汰下來的舊吉普車，雖然某些地方舊得漆都掉了，可也成為這個城市為數不多的私家車擁有者。

聽說他和公安局長的兒子成了朋友，和本市另一個黑白兩道通吃的有錢人宋傑合夥投資商業大廈，他的朋友圈子裡什麼哥、什麼弟的漸漸少了，某某科長、某某處長、某某局長漸漸多了。大家不再叫他李哥，洋氣點兒的稱呼他李先生，土一點兒的叫他李老闆。

從八〇年代到九〇年代，是中國社會變化最劇烈的時代。短短十來年的時間，從貧窮落後到富裕小康，中國創造了舉世矚目的奇蹟。很多如今生活中的理所當然，在當年都是我們曾經歷過的第一次，比如第一次用熱水器洗澡，第一次乘電梯，第一次喝可口可樂，第一次吃康師傅速食麵，第一次用飛柔、潘婷，第一次吃肯德基……

城市的變化速度也是飛快，為了跟上它變化的速度，人也在快速變化，或者是因為人在快速變化，所以這個城市的變化速度才飛快？

我搞不清楚，我只看到整個城市日新月異地改變，幸虧，還有不變的。

李哥自己買的是舊車，卻給小波弄了一輛日本原裝進口的摩托車，在當時絕對是百分之百的奢侈品，可小波很少騎，仍舊踩著他的破自行車來往在城市的大街小巷間，我常坐在小波的車後座上，和他去小巷裡尋找小吃。

我們一起坐在烏黑厚重的木門旁，看走街串巷的老人澆糖畫。一根扁擔，一頭挑著小煤爐和鍋，一頭挑著工具和材料。走到孩子聚集的地方，老人就放下扁擔，支起爐子和鍋，鍋內是熔化的褐色糖汁，老人憑著一個大勺，從遨遊九天的巨龍，到賊眉鼠眼的小耗子全能澆出來。

一個轉盤，四周畫著各種動物，五毛錢轉一次，轉到什麼，老人就給你澆什麼。

我老想著要轉鳳凰，可總是轉不到，越轉不到，越是想轉，而小波總在一旁沉默地笑看著。其實我和他都知道轉盤有古怪，想破了這個作弊手法並不難，但是那不重要，這個城市拔地而起的高樓已經把這些人的生存空間壓迫到了城市的最角落裡。

大概看了太多成年人寫的書，我漸漸發現自己成了一個和時代有脫節的人，我喜歡留戀一切正在流逝的東西，像是「四大天王」的歌我也會聽，可並不是真的喜歡。我先是喜歡上了鄧麗君，從鄧麗君又認識了周璇，又從周璇聽回韓寶儀，從而沉浸在靡靡之音裡不可自拔。

爸爸工作的地方淘汰了老式的針式唱機和一堆像黑色飛碟的老唱片，有鄧麗君的歌，還有好多革命歌曲。那個時候，人人都忙著實現「現代化」，沒有人喜歡這些老土的東西，我就撿了回來，放在小波的辦公室裡，一邊看小說，一邊聽，或者一邊做作業，一邊聽。

「天涯呀海角，覓呀覓知音，小妹妹唱歌郎伴奏，郎呀咱們倆是一條心……」

「一送（裡格）紅軍，（介支個）下了山，秋雨（裡格）綿綿，（介支個）秋風寒，樹樹（裡格）梧桐，葉落盡，愁緒（裡格）萬千，壓在心間……」

有一次李哥推門而進，聽到歌頌紅軍的歌聲，立即就關了門，過了一瞬又打開門，摸著頭說：「我沒走錯地方呀！」

烏賊和妖嬈捂著肚子狂笑，小波和我也笑。

李哥走過去，把小波面前的課本闔上，笑著說：「都別看書了，今兒個晚上一塊吃飯。」

妖嬈笑著說：「李哥的生意肯定又有好消息了。」

他們先走了，小波則送我回家，我對我媽撒了個謊才又去。

五個人邊吃邊聊，果然是李哥的生意又擴張了。李哥躊躇滿志中不停嘆氣，感慨沒有靠得住的得力人，大家都明白他指的是小波，可小波想上大學，肯定無法再幫李哥。不過李哥也就是嘆嘆氣，並不是真要小波放棄學業幫他，他對小波和烏賊就像對親弟弟一樣愛護，小波能上大學，他也很開心。

李哥聊著聊著突然問烏賊：「你和妖嬈打算什麼時候把事情定下來？」

妖嬈低下了頭，神色卻是在留意傾聽，她比烏賊大了三歲，自然更上心。

烏賊卻笑著說：「你都沒定，我著急什麼？我可不想結婚，談戀愛多好玩，是吧，妖嬈？」

樣子。

妖嬈只能點頭，笑容卻透著勉強，可烏賊這渾人一點兒都看不出來，還一副和妖嬈達成共識的樣子。

李哥笑看著妖嬈說：「那也成，再過兩年，等我生意穩定了，給你們辦一場豪華婚禮。」

小波也笑著說：「我的這一聲『嫂子』肯定非妖嬈姐莫屬。」

小波和李哥都表態了，我也趕緊表態：「妳放心，烏賊很笨的，只有妳甩他的份，沒有他甩妳的份。」李哥和小波都是一巴掌拍到我肩上，我立即改口，「我是說，妳很漂亮，烏賊到哪裡再去找這麼漂亮的人。」

妖嬈笑起來，烏賊的父母不太喜歡她，李哥和小波的認可，對她很重要，讓她心安。

烏賊仍是渾渾噩噩，用筷子點著菜說：「這個好吃，你們別光忙著說話呀！」

我對小波低聲說：「傻人有傻福，真不知道妖嬈姐看上他什麼。」

妖嬈聽到了，看著烏賊一笑，眼中盡是溫柔。李哥點了一根菸，笑看著我們，眼中也有很溫柔的東西。

吃完飯，李哥忙公事去了，妖嬈想跳舞，於是四人一塊兒去「在水一方」。剛進舞廳，就發覺有異樣，往常擠滿人頭的舞池竟然是空的，大家全都站在舞池周圍。

小波和烏賊以為出事了，忙要趕著上前，忽然音樂響起，臺灣金曲獎得主陳小雲的代表作〈愛情恰恰〉，因為是閩南語，在學生中並不流行，卻是我喜歡的靡靡之音，也是舞廳高手喜歡的曲子，用來跳恰恰最好。

繁華的夜都市燈光閃閃爍
迷人的音樂又響起引阮想著你
愛情的恰恰抹凍放抹起
心愛的治叨位
想要呷你想要呷你
來跳恰恰恰
不知你是不知你是
走去叨位覓

一個身材火辣的女子，穿著一襲紅裙，隨著音樂縱舞，她的舞姿很有專業水準，難怪大家都停下來只看著她跳。

烏賊笑著說：「張駿的新馬子比舊馬子有味道，看來找跳舞的女人做馬子很有道理。」

妖嬈掐著他胳膊問：「你什麼意思？要不要我幫你介紹一個？」

烏賊看看四周沒兄弟留意，不會損及他的面子，才低聲求饒。

張駿的女朋友既然在這裡，張駿呢？

我在人群中搜索著他，見到他站在人群前面笑看著他女朋友跳舞。他的女朋友跳到他身邊，突然伸手把張駿拽進了舞池，大家都笑起來，有人吹口哨，烏賊也打了一聲響亮的口哨，妖嬈氣得又掐了他一下。

恰恰是唯一由女性主導的交誼舞，對女性舞者的技藝要求很高，整場舞蹈都由女方主導支配，但畢竟是兩個人的舞蹈，如果男方配合得不好，也不會好看。

張駿靜靜站了一會兒，笑了笑，也開始跳了起來，他們在迷離燈光的映照下，時進時退，時分時合，男子英俊不羈，女子明豔嬌美，說不出的動人。

我胸口劇痛，瞬間明白過來，如果這是一個言情故事，他們才是男主角和女主角，我連女配角都算不上，只是一個路人甲，卻一直奢望搶奪女主角的戲分。

烏賊拉著妖嬈也走進了舞池，兩人都是吃喝玩樂的高手，又因為烏賊剛才的話，妖嬈心裡憋著一股勁，抬臂伸腳，扭腰甩臀，真是要多妖嬈有多妖嬈。看到他們的水準，別人更不敢下去跳了，偌大的舞池，只有他們兩對在飄舞。

小波知道我不會跳舞，找了個角落，陪著我坐了下來。

我的視線暗暗追隨著張駿，眼睛十分乾澀，心裡卻大雨滂沱。我多麼希望他還是小時候那個刺蝟頭的男孩，沒有女生留意，沒有女生喜歡，只有我看到他的好、感受到了他的溫柔，可他偏偏變成了這樣，如一顆星星般，升得越來越高，光芒越來越明亮，卻離我越來越遙遠，去了一個我怎麼伸手都搆不到的距離。

Chapter 18

棋盤的第一個顫抖

年少的時候，喜歡談理想，喜歡擬計畫，以為只要自己夠聰明、夠努力，就能實現，卻不知道我們只是這個以空間為經、時間為緯的命運棋盤上的一顆小小棋子，棋盤的一個微微顫抖，我們就會偏離計畫的軌道。

曉菲的成績繼續下滑，期中考試得了全班十幾名，她要是稍微再「努力」一下，就可以和我看齊了。

我暗示性地和她提了幾次，她壓根兒不接話茬，沉默著不理我，似乎連假裝的快樂也都放棄了。她對那些男孩子的態度也越發惡劣，有時候，看到她罵他們的樣子，我真怕他們會惱羞成怒，不過，他們貪戀曉菲的美麗，即使今日走了，明日依舊會來。

我納悶不解，不明白曉菲為什麼更消沉了。妖嬈告訴我王征幾週前帶著他的爵士鼓離開這個城市，去廣州了，他甚至壓根兒沒有和曉菲告別，突然之間，就從曉菲的生命中消失。

我不知道該喜還是愁，王征的不告而別，也許再一次傷到曉菲，可大痛過後，應該就是傷口恢復的過程。我想了很久後，決定和曉菲好好談一下，我想告訴她失戀的人並不是只有她一個，可是我們不能因為對方不喜歡我們，就放棄了自己。

正想找她，她卻突然從學校失蹤。問了他們班的班長，班長告訴我，曉菲的媽媽幫她請了長期病假。

曉菲生病了？

我尋到她家，想去探望她。她媽媽站在門口，客氣地說：「曉菲正在養病，不方便見同學。」

我滿心納悶不解，不明白什麼病讓她不能見人，擔心地問：「阿姨，曉菲的病嚴重嗎？」

她媽媽很瘦，也很憔悴，語氣卻很肯定：「不嚴重，過一段時間就會去上學。」

對方不讓我進門，我只能離開。可我又不甘心，所以採取死纏爛打的招數，隔三差五去她家。

她媽媽的態度變化很有意思，剛開始，我去得頻繁了，她很不耐煩，說兩三句話就關門，可漸漸地，她又和藹起來，納悶地問：「快要期末考試了吧？妳學業不忙嗎？」

我乖巧地笑：「忙是忙，不過來看曉菲的時間還抽得出。」

她媽媽問：「妳和曉菲很要好？」

我套交情：「阿姨，妳忘了嗎？曉菲小時候還在我家睡過。那一次，妳和叔叔半夜找到我家，見過我爸爸媽媽。」

「啊？是妳呀！後來妳搬家走了，曉菲哭了很久，沒想到妳們又在同一個學校了，曉菲都沒有告訴我。」

我沉默著不說話，阿姨也沉默著，似乎在思考。

過了很久之後，她說：「妳期末考完試再來看曉菲吧。」

我忙說：「謝謝阿姨。」有了確定的日期，我稍微放下心來。

回到學校，精神仍然恍惚。

很快，我們就要國三了。

別看只是兩年時間，可國中生似乎是最容易出狀況的年紀。小學時，我們視老師家長為權威，比較聽話，到了國中，突然開始對他們不屑，自己卻又把握不住自己，我們絲毫沒有畏懼，勇於嘗試一切新鮮的事物，從談戀愛、抽菸喝酒打架，到出入歌廳舞廳、混社會，我們什麼都敢做。

在外面混過的人都知道，打架時出手最狠的人，其實不是成年流氓，而是我們這些懵懂無知的少年。因為成年人已經知道畏懼，而我們什麼都不懂，所以什麼都不怕，我們甚至會因為幾句言語不合，就往對方腦袋上拍磚頭。

幸運的人，這段迷茫的叛逆期也許只會成為成長路上，帶著幾分苦澀的有趣回憶，而不幸運的人，卻會付出自己都無法預料的慘重代價。

經過兩年的學習，有些入學時成績不好的人上升，有些入學時成績很好的人卻下滑，雖然是名校國中，可無心學習的差等生和普通國中的學生沒什麼區別。

為了迎接明年的中考，學校會根據國二的期末考試成績重新分班，分成前後段班，或者叫升學班、普通班。

周圍的同學都很緊張，個個刻苦用功，唯恐一不小心就分到後段班。

我們無憂無慮的日子似乎正在結束，學習的重擔開始慢慢壓到每個人肩膀上。連我的爸爸媽媽都在吃飯的時候，會給我夾一筷子菜，暗示性地說：「多吃些，學習要越來越辛苦了。」

我的成績很微妙，既有可能分進前段班去做差等生，也有可能分進後段班去做好學生。人的心理很奇怪，寧可進前段班去做差等生，也要想盡辦法進去，爸爸媽媽自然也是如此，似乎只要我進了前段班，我就一定能上好高中。

我卻總有一種置身事外的恍惚，空閒的時間，別的同學都在溫習書本，我卻在看小說、練習畫畫。我喜歡畫荷花，課間活動在學校的荷塘邊看荷花、畫荷花，它們是我心中最美的花，一切美麗的辭彙用在它們身上都不為過。

有一天，上完英語課，聚寶盆找到林嵐，非常難過地對她說，陳松清不會參加期末考試，他即將離開我們，希望林嵐準備一個小歡送會，為陳松清送行。

我很驚訝，豎起耳朵偷聽，聽到林嵐驚異地問：「為什麼？」

「他要去考技校。」

「他為什麼不讀中學了？技校不是要上完國中才考的嗎？」

聚寶盆不願意多解釋，只說：「他們家好像經濟有點兒困難，他爸爸希望他牽涉到他人家庭，能早點兒去工作。以他的成績，現在考，也肯定能考上。」

林嵐震驚地瞪大眼睛，似乎第一次意識到這個世界上有人會連學校都上不起，雖然那個學費也許只夠她買兩條裙子。

陳松清即將離開我們班的消息，很快就人人都知道了。大家雖然意外，但真正難過的人沒幾個，畢竟陳松清並不合群，常常獨來獨往，大家對他的瞭解僅限於他是我們班的第一名。

林嵐卻很上心，真把這當成了一件事情，不惜放棄讀書時間，很費心地為陳松清舉辦了一個歡送會，詩詞歌舞全都有，她還利用自己的影響力，讓全班同學集資為陳松清買了一支昂貴的鋼筆、一本精美的日記本，做為送別禮物。

我當年拒絕了為陳勁捐款送禮物，這一次，卻把自己的全部零用錢捐了出去。

陳松清表面上沉默到近乎木訥，但我想他心裡對林嵐是感激的，他的少年時代被迫提前終結，可林嵐盡自己最大的努力為他畫下了一個蒼白卻美麗的句號。

我看似漠然地遠遠觀望著這一切的發生，內心卻波濤起伏，並不見得是為了陳松清，也許只是為了生活本身，我再一次感受到了生活的殘酷和無奈。很多人壓根兒不愛學習，每天抽菸喝酒打架，偷父母的錢打遊戲機、染頭髮，以叛逆另類為榮，父母卻求著他們讀書，而陳松清酷愛讀書，認真又用功，次次拿第一，生活卻偏偏不讓他讀書。

這就是生活，似乎永遠都是你要什麼，就不給你什麼。

陳松清離開學校的那天，下著小雨。

自小到大，我就偏愛雨，下雨的時候，我甚至很少打傘，我喜歡雨滴打在臉上的感覺。

我坐在學校的石凳上，看著漫天如絲的雨幕發呆，說不上不高興，也說不上高興，我的心情常常處於一種空白狀態。

一個人走到我面前，站住不動。

我看過去，是陳松清，他背著軍綠的帆布書包，打著一把已經磨得發白的黑傘，沉默地站著。

我們倆都不是愛說話的人，相對沉默了半晌，竟然沒有一個人說話。

他忽然說：「我明天不來上學了。」

「我知道。」

他的腳邊，恰好是一個窪地，雨水積成一個小潭，他就一腳一腳地踢著雨水。

我至今一直記得他那種好似全不在乎的虛偽堅強，還有他舊球鞋上一塊塊的污漬，以及半鬆開的鞋帶。

他問：「妳功課復習得怎麼樣了？」

「不怎麼樣。」

他一腳一腳地踢著地上的雨水，水滴濺濕了他的褲子，他卻全然沒在意。

「我本來想考完期末考試再走的，可我爸不同意，他說有這些時間，不如多準備一下技校的考試，爭取考進好的專業科系，將來進一個好部門，工資能高點兒。」

我沉默著，不知道能說什麼，他忽然說：「我能拜託妳一件事情嗎？」

「沒問題。」我問都沒問他要拜託我什麼事情，就一口答應。

他笑笑地說：「妳可不可以認真復習，全力以赴地考這次期末考試？」

我不解地看著他，想不通他何來如此奇怪的要求，但是我已答應了他，所以我會遵守諾言。

其實，直到今天，我都沒想明白陳松清為什麼會如此要求。

「好的，我會好好復習，認真考試。」

他笑起，仍舊一腳一腳地踢著雨水，我沉默地看著他踢起的水珠。

不一會兒，他的鞋子全部濕透，站了很久後，說：「我走了，再見！」

我坐在石凳上沒有動，只是說：「再見！」

他背著書包轉身離去，又瘦又高的身影慢慢消失在迷濛的細雨中。

我一個人又坐了很久，坐得整個屁股都冰涼，渾身濕透後，也背起書包回家。

那是我這一生最後一次見陳松清，從此，我再沒有見過他，甚至再沒有聽說過他的消息。他有沒有考上技校，考到哪個專業科系，我一概不知道。

不過，我知道他會知道我的期末考試成績，所以我遵守約定，認真復習，認真考試，兩個多星期，我什麼都沒幹，只是看書，從早上一起床一直看到晚上睡覺。他要我全力以赴，其實，我不太清楚怎麼才叫全力以赴，但是我把地理、歷史、公民的課本倒背如流，連最討厭的英語都強迫自己囫圇吞棗地亂背了一堆東西。

期末考試成績排名下來，我成為一班的第一名。除了英語成績不好以外，代數、物理、幾何近乎滿分，其他如地理這些完全靠死記硬背的科目也幾乎都是全班第一，因為我拿了幾個全班第一，所以連說我作弊都變得不可能，大家只能用驚訝面對這個意外。

爸爸和媽媽激動得不知所措，開家長會的時候，差點兒要對聚寶盆磕頭謝恩。

聚寶盆卻很淡然，平靜地說：「我教的英語，她考得最差，她的進步和我沒什麼關係。」

即將要分離，我和聚寶盆反倒相處融洽，雖然我和他曾鬥得不可開交，雖然他的確偏愛成績好、性格活潑的學生，可平心而論，他和趙老師截然不同，他對林嵐不露痕跡的關懷，他努力試圖留住陳松清，他全力以赴地教書，所有我眼睛看到的東西，讓我已經原諒了他曾帶給我的痛苦。

其實，聚寶盆做為剛畢業的大專生，比我們才大了九級，他自己也是一個未完全成熟的人。我相信，我們做為他教師生涯中的第一屆學生，肯定永遠不會被他遺忘，就如我們永遠不會忘記他是我們的班導師，因為他在我們逐漸成長的生命中留下了痕跡，我們也在他逐漸成熟的生命中留下了痕跡。

期末考試結束後，我去看曉菲，她媽媽遵守承諾，讓我見到了她。

我看到曉菲時，她正躺在床上看書，原來的齊肩長髮被剪得很短，如同一個男孩。

她看到我，放下書本，對我笑。

我覺得很奇怪，說不清楚她哪裡不一樣了，可她的確不一樣了，她的眉眼依舊漂亮，可眉眼中的飛揚熱烈卻都沒有了，只有淡淡的視線、淡淡的微笑，她的人生就好似……就好似……突然之間從仲春進入了秋末。

看到她在閱讀的是英文課本，我放下心來，坐到她身邊，問：「妳病好了嗎？」

她點點頭：「好了，妳期末考試考得如何？」

「班級第一，年級還不知道，大概要等到下個學期分班後才能知道。」

她很驚奇，也很開心：「我要努力了，否則真會被妳甩到後面去了。」

我一直沒為自己的考試成績感覺到特別喜悅，因為總有一種恍惚的不真實感，可突然之間，我興奮起來激動地說：「好啊，等下個學期開學，我們比賽，看看誰更厲害！」

曉菲也笑了，說：「好！」

我伸出手指，問：「一言為定？」

「一言為定！」我們拉鉤，約定了我們的諾言。

她媽媽似乎一直在外面偷聽，聽到我的成績是第一，又聽到我和曉菲約定將來比賽學習，她放下心來，端給我們一碟葡萄，並且意有所指地對曉菲說：「妳以後就應該和羅琦琦這樣的同學在一起玩。」又和善地對我說，「歡迎妳以後常來找曉菲玩。」

我盡量乖巧地微笑，她媽媽若知道我是哪種人，不知道還會不會說這樣的話？不過，我第一次意識到，原來學習成績好，竟然有這麼多好處，能變成讓所有家長都信賴的人。

曉菲沉默地低著頭，她媽媽似乎有點兒不安，匆匆往外走。「妳們討論功課吧，我出去了。」

等她走了，曉菲對我使眼色，我跑去門口看了一眼，對她搖頭。

她示意我坐到她身邊，沉默了一會兒才說：「其實我沒有生病，我是懷孕了。」

我是一個面部表情極不豐富的人，所以，我只是呆呆地看著她。看在外人眼裡似是無比平靜，其實心裡早就震驚得完全不知道該如何反應了。

她笑了，說：「琦琦，究竟什麼事情才能嚇到妳？妳怎麼不管什麼時候都這麼冷靜？」

我不知道怎麼解釋，只能問：「妳怎麼辦？」

她淡淡說：「已經去醫院做過流產手術了，等下個學期開學，我會當作一切事情都沒有發生過，重新開始。」

我結巴著問：「妳……這……怎麼回事？有人欺負妳嗎？」

她很平靜地說：「事情的過程並不重要，重要的是發生了，現在再去追究原因，沒有任何意義。剛開始的幾天，我天天哭，恨死了自己的愚蠢，可眼淚不能讓時光倒流，也不能讓我犯的錯消失。琦琦，這是我第一次告訴妳這件事情，也是最後一次，以後，我永遠不想再提起，我只想忘記，妳也幫我一塊忘記，好嗎？」

我點頭：「好！」

我們再沒有提起她懷孕墮胎的事情，只是討論著學校的事情。曉菲詢問她離開的這段時間，學校裡發生了什麼事，我把我所知道的八卦都詳細地告訴了她。

國中生懷孕墮胎應該是很大的事情，可也許因為曉菲太過平靜的態度，我竟然恍惚地生出「這件事沒什麼大不了」的感覺，就像重感冒，只要過去了，一切就像沒發生過。

我和她計畫新學期開學後，我們應該做什麼，期待我們能分到同個班，那麼也許我們可以坐同桌，一塊上課、一塊做作業、一塊放學。我們甚至商量了上高中後，該讀文科還是理科，要不要兩個人讀同一所大學。她笑著說她喜歡北京，她要去北京讀大學，不是北大，就是清華。

她還拍著我的腦袋說：「妳要想和我讀同一所大學就要努力了，可不能再這麼貪玩，總想著看小說。」看我流露出沒自信的表情，她又趕緊笑著安慰我，「別害怕，我會監督妳好好學習的。」

曉菲對未來充滿信心，我絲毫不懷疑她能實現自己的夢想，因為她的彷徨迷亂已經過去，她已準備好重新出發，而這一次，她一定不會再犯任何愚蠢的錯誤。

Chapter 19

我的第一支舞

古代，少女十四歲時，父親會為她舉行笄禮，意味她已長大成人；在西方，女兒的婚禮上，父親會握著女兒的手，陪她走完少女時代的最後一程。父親，是女人生命中第一個重要的男人。

爸爸工作部門裡的中老年幹部們正在學跳交誼舞，準備元旦前，組支交誼舞隊和別的部門比賽。爸爸白天在辦公室練習，晚上拉著媽媽去公園裡跳。

暑假期間，我和妹妹都沒什麼事情，有時候也會去公園看大家的露天舞會。有一次，爸爸嫌媽媽笨，教了好幾遍，媽媽仍然沒學會。媽媽惱了，一甩手就不跳了。旁邊跳舞的叔叔阿姨、爺爺奶奶們都笑起來。

爸爸乾笑幾聲，自己找了個臺階下，對妹妹說：「老婆不肯學，我就教女兒跳。」

妹妹高高興興地跟著爸爸學跳舞，爸爸握著她的手，一邊隨著音樂踏舞步，一邊哈哈地笑著，妹妹腰上繫著的蝴蝶結漂亮地飛舞著。

周圍的老頭子老太婆都湊趣，不停地誇我妹妹跳得好，媽媽在旁邊看著看著也笑了起來，爸爸更是美得有女萬事足的樣子。

一曲跳完，爸爸和妹妹回來休息，見我一直看著他們，隨口笑著問：「琦琦待會兒要不要也讓爸爸教跳舞？」

我克制著自己內心的激動，盡量波瀾不驚地點了點頭。沒一會兒，音樂又響了起來，我正緊張，爸爸卻急急忙忙放下水杯，抓起身旁的妹妹就衝了出去。

我就像一條繃緊的橡皮筋，本來緊張地準備全力彈出，卻沒有射出，只是慢慢地、慢慢地鬆了力量，不為人知地懈了。

我笑看了一會兒，對媽媽說：「我去找同學玩了。」然後一個人離開了公園。

有人說女兒是爸爸前世的情人，可如果他有了兩個女兒，是不是其中一個就不是了呢？人有兩隻手，奈何卻只有一顆心。

我在大街上轉了一會兒，邊轉邊想去找誰玩。曉菲的媽媽現在壓根兒不放曉菲出門，我白天又剛去找過曉菲，這會兒再去，顯然不合適。想起放假後還沒有見過小波，於是晃悠著去找小波。

歌廳外面喧譁熱鬧，他卻房門緊閉，在臺燈下用功。

我這才想起，他上高三了，傳說中鯉魚跳龍門的最後一站，要褪一層皮的痛苦折磨。

我問他期末考得如何，小波笑著說年級排名前一百，又很有信心地告訴我，他的成績會繼續進步，目標是前五十名。

按照一中歷年來的高考情況，小波如果真能實現這個目標，就是考一所名門大學都很有希望。

他突然問：「你們下個學期要分班了，妳這次的期末考試考得如何？」

我沒精打采地說：「你猜猜。」

他笑著說：「應該不錯，肯定能進前段班，要我送妳什麼賀禮？」

我不屑地說：「能進前段班算什麼？我是班級第一。」

小波不能置信地盯著我，突然，他從椅子上跳起來，雙手卡在我的胳肢窩下，把我高高舉起，一邊大笑，一邊轉圈。

一瞬間，我的不開心就煙消雲散，也隨著他的笑聲笑起來。

許久，他終於放下了我，驚嘆地問：「妳怎麼做到的？」

我頭暈目眩，很大聲地說：「這可不是天上掉餡餅，我很用功的！我每天背書背到深夜，甚至歷史書上的小字選讀內容我都可以背下來，代數卷子、幾何卷子、物理卷子，我每一道題都演算了兩遍，確定絕對沒有一個錯誤。」

小波笑著問：「妳這麼辛苦，想要什麼禮物？」

我側著腦袋想，腦海裡卻浮現出剛才爸爸和妹妹跳舞的樣子。

「我想學跳舞。」

小波立即答應：「好，我教妳。」他上下打量我，「去給妳買一條裙子。」

我立即搖頭：「那不行，我媽看見了，肯定要問我從哪裡來的，我解釋不清楚。」話剛出口，又立即反悔，我為什麼要理會父母如何想？我偏要放縱自己一次，於是改口：「好呀，我不穿回家裡就行了。」

小波看看錶，笑著說：「現在去商場還來得及。」

我朝他做鬼臉，跑到電話前，給李哥打電話。李哥很是詫異：「琦琦，出什麼事了？」

「沒什麼事，就是告訴你一聲，我期末考試考了第一。」

李哥很高興，笑著說：「看來我們不只有小波一個大學生了，以後誰再敢說老子沒文化，我就讓他們來看看我弟弟妹妹的文憑。妳想要什麼獎勵？」

「我和小波去商場。」

李哥非常開心地說：「都算我的！妳可千萬別替妳李哥省錢，不要和小波學，小波什麼都好，就是性格太好強。」

我笑嘻嘻地說：「我只挑好的，不挑貴的。」

李哥忙說：「對，對，對！」

我的目的達到，高高興興地放下電話，小波卻不太高興，雖然他沒顯現出來，依舊微笑著，可我們已經認識快五年了，早不需要看表情來判斷對方的心情。

我站在他的舊自行車邊，低聲說：「你大學畢業後，第一個月的工資要買禮物給我。我讓李哥送我禮物，這不單單只是送禮，而是因為我不想表現得太狷介，不想讓李哥覺得我們在努力和他劃清界限。」

小波原本半騎在自行車上，只等我上車，聽到我的話，呆了一瞬，立即從自行車上下來，轉身去屋裡拿摩托車的鑰匙和安全帽。

他把安全帽給我戴好，自己坐到摩托車上，擺了個很酷的姿勢，笑著說：「上車！」

我立即坐到車上，不放心地說：「我可是第一次坐摩托車，你慢點兒啊，別摔著我。」

他用胳膊肘打了我一下，示意我別囉唆，騎著摩托車上路。

那個時候，我們市有不少年輕人玩摩托車，穿著皮衣皮褲皮靴，飆車賭錢泡妞，有時候，看見他們一隊摩托車轟隆隆地飛馳過，很是炫目。

小波的摩托車是日本原裝進口的，李哥花了點兒工夫才弄到，我們整個市裡沒有幾輛，騎在路上很拉風。可小波騎出門的次數很少，倒是烏賊借去和人賭過兩次錢，被小波說了一頓後，他也再沒玩過。

我第一次坐摩托車，手抓在座位兩側，緊張得要死，唯恐自己掉下去。

沒想到小波把摩托車騎得像自行車，很久都沒有加速。我納悶地問：「你會騎嗎？」

小波的聲音從頭盔裡悶悶地傳來：「我也是第一次載人。突然想起，坐在摩托車後的人沒有扶的地方，必須要抱著前面人的腰。」

我笑起來，難怪電視上的人都是緊摟著前面人的腰，我還以為是為了突顯出他們是情侶，原來摩托車就是要這麼坐，於是大大方方地抱住他的腰，他的速度立即就上去了。

隨著速度飆升，我終於理解了為什麼男人喜歡摩托車，不僅僅是裝酷，而是騎摩托車的時候真的有在風中飛翔的感覺。

速度太快，風就從我們皮膚上刮過，我穿著普通的衣裙，雖然小波替我擋住了絕大多數的風，仍然有刀割的感覺，似乎不抱緊，人都會被吹跑。我緊抱著小波的腰，閉著眼睛，感受風割在肌膚上的感覺。

我想我和小波的本性裡都有喜歡冒險和追尋解脫的欲望。剛上車時，我還提醒他不要騎太快，他似乎也打算謹慎駕駛，可當我們感受到這種飛翔的快感時，卻將理智丟棄，只想追逐本能，去享受刺激帶來的快意。

他一輛車接一輛車地超過，大部分司機頂多罵一聲，或者猛按喇叭，可當他超過另一輛摩托車時，車主也不知道是被我們激出了怒氣，還是自己好勝心重，開始追小波。

小波大聲叫我名字：「琦琦……」

速度太快，風太大，完全聽不到他說話，只能模糊聽到自己的名字，但我已經明白他的意思。

我看著和我們並排而駛的摩托車，車主穿著黑色的皮夾克，車後的女生一頭海藻般的長捲髮，連頭盔都壓不住，飄舞在風中，配著她的小紅裙子，很是美麗。

我貪戀這飛揚不羈的美麗，胳膊上用了點兒力氣抱住小波，小波明白了我的意思，知道我是應下這場挑戰了。他開始放開速度，專心和對方比賽。

對方顯然經常比賽，對市內的道路很熟悉，有意地引著小波向車流量少的道路騎去，隨著車輛減少，他倆的速度都越發的快。

時速超過一百四十公里，給人一種真的在風中飛翔的錯覺，一個瞬間，我竟然有放開小波的衝動，讓人生永遠停止在這一刻的輕盈美妙和無拘無束中，我恍惚地想，是不是出車禍的人，就是因為這種幻覺？

小波的車比對方的好，可對方的駕駛技術比他好。小波性子中隱藏的狠勁被逼出，漸漸有玩命的感覺，速度仍在攀升，對方絲毫未怕，也跟著小波加速，而且利用一個彎道，巧技地再次超過了小波。

小波的技術不行，在極速下，車騎得有些飄，如果稍有意外，我們肯定會車毀人亡，我卻沒有害怕的感覺，一瞬間，我開始有些明白我和小波骨子裡的狠辣來自哪裡，那並不完全是外界的逼迫，還有我們本來的性格。

兩輛摩托車一前一後，奔馳了一段時間，忽然聽到遠處有警笛在響，前面的人放慢了速度，小波也跟著放慢速度，經過一處修車場時，對方拐進去停下了車，小波也隨著他把車停過去，看來是飆車飆得惺惺相惜，想認識一下，交個朋友。

他和小波拿下頭盔，看清雙方，愣了一下，都笑起來。

張駿笑說：「小波哥的車真好。」

小波笑說：「車好不如技術好。」

張駿的女朋友臉色發白，神情卻很激動：「太刺激了！」對著小波伸手，興高采烈地自我介紹，「我是張駿的馬子，上次看你打球，覺得你文弱書生模樣，沒想到玩車玩得這麼狠。」

小波笑著和她握了一下手，謙虛道：「沒有張駿玩得好。」

張駿的女朋友拿眼睄我，問小波：「小波哥的馬子叫什麼名字？」

她似乎很好奇小波的女朋友長什麼樣，我很不想脫下安全帽，可我更不想讓人覺得我和別人不一樣，所以我只能脫下帽子，衝她皮笑肉不笑地點點頭。

張駿的女朋友毫不掩飾自己的失望，大概沒想到小波的女友竟然是個戴著眼鏡、梳著馬尾巴、其貌不揚的小姑娘。

小波微笑著說：「她叫羅琦琦，不是女朋友，是朋友。」

女子的表情似乎在說「幸虧不是」，她熱情地說：「我工作的地方有很多漂亮姑娘，我給小波哥介紹一個，包你滿意。小波哥喜歡什麼樣的？」

小波呆了一呆，大概沒想到張駿的新女朋友和上一任竟然性格差別這麼大。

張駿攬著她的腰，猛地把女朋友摟進懷裡，笑彈了她的鼻頭一下：「妳別多事，小波哥要美女有的是。」

我閉上眼睛睡覺，心想你們開完了座談會再叫我。

小波說：「我們還有些事情，改日再聊。」

我立即高高興興地睜開眼睛，還是小波知我心意。

他幫我戴上安全帽，細心地調正好帶子，低聲問我：「緊不緊？」

我搖搖頭，他幫我弄好後，才自己戴上安全帽。

等摩托車騎出去後，我從車子的後視鏡中，仍然能看到那襲美麗的小紅裙，她雙手攀著他的脖子，身體緊貼著他的身體。

我的頭輕輕靠在了小波背上，小波要加速，我拽了一下他的衣服，他又慢下了速度。因為我怕，當那種飛翔的感覺再蠱惑我的感官時，我會真的放手去追尋飛翔的自由自在。

還有半個小時商場就要關門，小波擔心時間不夠，我卻很快就有了決定，選了一件紅底白點的裙子，腰部有一個大蝴蝶結。我沒有去思考自己的選擇，但是內心深處，我想我明白為何如此選擇，有些事情，不需要佛洛伊德這樣的心理學家就能解釋。紅色，是因為張駿的女朋友；蝴蝶結，是因為妹妹。

我在小波面前轉了一圈，裙擺像花一樣張開。

「可以嗎？」

小波點著頭表示驚嘆：「琦琦真長大了。」

我反駁：「我從沒覺得自己小過。」

他看著我的腳說：「應該再買一雙鞋子。」

我很激動：「要高跟鞋。」

他笑：「妳以前從沒穿過高跟鞋吧？會走路嗎？要摔著了，我可不負責。」

我瞪他，他笑著不理我。

我挑了一雙白色的高跟涼鞋，笨拙地穿好，就在起身的一瞬間，我忽然覺得我是個女人了。

不知道是不是每一個女孩到女人的轉變，都是從高跟鞋開始，因為穿上它，我們不能再大搖大擺地走路，不能再翻牆爬樹，我們必須緩緩而行，不知不覺中，我們就女性化、柔弱化了。

• ◎ • ◎ • ◎ •

第二天，我和爸爸媽媽請假，說晚上有同學過生日，想玩得晚一些，爸爸和媽媽立即答應。我期末考試考了班級第一，在父母心中，班級第一的孩子絕不會做任何壞事。

爸爸還特意說：「該玩的時候玩，該學的時候學。暑假妳可以盡情去玩，等開學後，就要用功迎接中考了。」

我按小波的吩咐去「在水一方」找他。我到了舞廳後，發現舞廳沒有營業，納悶了一瞬，又立即明白。因為舞廳常有家長老師出入，我怕碰到熟人，肯定不會願意在大廳裡學舞，也許就隨便撿個僻靜的馬路旁邊，沒想到李哥如此隆重，竟然休業一晚。

等看到小波特意換了套黑西服，才知道隆重的不只是李哥。

我突然緊張起來，小波笑著說：「妳的衣服和鞋子都收在李哥的辦公室，我在外面等妳。」

李哥也笑：「琦琦要長大了。」

烏賊雖然克制了他的臭嘴，卻不停地對我擠眉弄眼地笑。

我被他們笑得不好意思起來，嚷：「你們再笑，我就不跳了！」

李哥左手攬著小波、右手拉著烏賊，邊往外走邊說：「臉皮竟然嫩起來，有點兒女孩樣了，總算沒跟我們混成個假小子。」

我板著臉走進他的辦公室，裙子和鞋子都放在沙發上。我換好衣服，穿上鞋子，站在鏡子前扭來扭去地看，想著張駿身邊的美麗女子，沮喪地嘆氣，我畢竟像隻猴子，穿上龍袍也不能變太子。

忽聽到有人敲門。

「誰？」

「老闆讓我來幫妳梳頭。」

我打開門，門口的女子提著一個大大的塑膠盒。

我讓她進來，她問我：「妳想梳什麼頭？」

「不知道，隨便。」

她仔細看了一會兒，笑著讓我坐下，開始幫我梳頭。我被她折騰了半個多小時，正不耐煩時，她笑著說：「好了，妳先看看，如果不滿意，我再重梳。」

我走到鏡子前，戴起眼鏡，鏡子裡的女孩子，黑髮順貼地綰成髮髻，有一個光潔的額頭，細長的脖子，烏髮中嵌著一朵潔白的假玉蘭花，與腳上小波為我選的鞋子呼應。

女子站在我身後笑，輕聲說：「我這裡有假珍珠首飾，妳如果不介意，戴上會更好看。」

我已經被她的妙手征服，立即歡喜地說：「不介意。」

她拿出一副珍珠耳墜，替我戴上，仔細端詳了我一下，又替我摘下，說：「妳看上去真乾淨，乾淨得戴什麼首飾都多餘，這樣就可以了。」

我也不懂她的乾淨是什麼意思，只說：「那就不戴了。」

她開始收拾東西：「本來還以為要化妝，所以帶了一堆東西，現在發現都用不上。」

我說：「謝謝妳。」

她笑著說：「不用謝我，謝謝你自己。年輕真好，眼睛明亮、皮膚水滑，一朵花就已經足夠，不需要任何修飾。」

我往外走，她從身後追上來，問：「妳近視得厲害嗎？」

我說：「三百度。」

「取下眼鏡能看清嗎？」

「嗯，走路沒事，不過認人會有些困難。」

她從我鼻梁上摘下眼鏡：「那就足夠了。」

舞廳裡本來就燈光昏暗，我又失去了眼鏡，眼前的世界變得朦朧，一切都如隔著霧氣，我突然覺得很緊張，人類對未知有本能的恐懼。

我踩著高跟鞋，一小步一小步地走著，好像看到人影，卻又誰都看不分明，突然，一個人站在了我面前，可他又不說話。

我十分不安，開始後悔讓那個姐姐拿走我的眼鏡，忽聽到李哥的笑聲：「天哪！我看錯人了嗎？這是琦琦嗎？真是人要衣，馬要鞍！」

我這才確認眼前的人是小波，立即急走了幾步，向他伸出手，他握住了我的手，我心安了，不管這個世界有多昏暗，只要他在我身邊，他會替我看清楚。

我不好意思地說：「幫我梳頭的姐姐把我的眼鏡拿走了，我看不太清楚。」

他說：「沒事，我會帶著妳的。」

他帶著我走向舞池，我緊張得手心都是汗，他說：「我們先跳最簡單的慢四。」

「難不難？你知道我小腦很白痴的。」

「只要妳會走路，就會跳。」

音樂聲響起，是首爵士樂，他扶著我的腰，輕聲指點著我每兩拍走一步，男進左、女退右，男進右、女退左、後腳掌稍旋，男左、女右橫移一步、右轉落腳，並步，再男退左、女進右，男退右、女進左……

雖然方向不同，可的確就是重複進進退退的遊戲。我笑著說：「似乎不難哦！」

小波也笑：「早說了，不難。」

我當時不知道，交誼舞的靈魂是男生。男生領舞，由他決定節奏和腳步，如果男方是好的舞者，女方會跳得很輕鬆，我很幸運，人生的第一支舞有一個好舞伴。

一曲完畢，小波微笑著說：「下面才算正式的。」

妖嬈穿著水紅的大花旗袍，一步一扭地走上歌臺，未語先笑：「琦琦的喜好太古怪，我是現炒現賣，唱得不好，不過這是我們大家對妳的一番心意。」

這真是巨大的驚喜，我深愛流逝在時光之外的東西，以前和小波一起看周璇、蝴蝶的錄影帶時，曾嘆著氣說：「什麼是紙醉金迷？這才是紙醉金迷！什麼叫迤邐風流？這才叫迤邐風流！」

沒想到小波竟記住了，更沒想到喜歡流行歌曲的妖嬈竟會為我特意去學。

布魯斯的音樂響起，妖嬈輕擺著腰肢，無限嬌慵地唱起來：

薔薇薔薇處處開
青春青春處處在
擋不住的春風吹進胸懷
薔薇薔薇處處開
天公要薔薇處處開
也叫人們盡量地愛

春風拂去我們心的創痛
薔薇薔薇處處開
春天是一個美的新娘
滿地薔薇是她的嫁妝

柔麗的歌聲，迷離的燈光，似乎將我們帶入了舊上海的十里洋場。

我一邊和小波在舞池裡旋轉，一邊輕輕和著音樂唱：「薔薇薔薇處處開，青春青春處處在，擋不住的春風吹進胸懷……」

妖嬈唱完後，走進了舞池，烏賊牽起她的手，和我們一起跳著。

〈花樣年華〉、〈夜來香〉……歌曲一首首播放，我跳得身上出了汗，我們好似穿了紅舞鞋，可以永遠不停下來。

雖然這世上有很多不如意，雖然生活的本來面目千瘡百孔，卻仍充滿喜悅和希望。曉菲已經振作起來，小波肯定能考上大學，我將來可以選擇和小波上同一所學校，也可以選擇和曉菲上同一所大學，等上完大學、等妖嬈和烏賊結婚後，我們可以每天都像今晚一樣跳舞。

烏賊和小波交換了一個眼神，他牽著妖嬈離開了舞池。

妖嬈笑著說：「你們繼續跳，我們休息一小會兒。」

我問：「李哥究竟準備了多少老歌？」

小波笑：「只要妳一直跳，歌聲就會一直有。」

「這支曲子跳完就不跳了，跳累了。」

小波牽著我走出舞池時，我仍然嘴裡哼著歌。

沙發上好幾個人影，我看不清楚誰是誰，只聽到一個聲音問：「琦琦，高興嗎？」是李哥，我搖頭晃腦地笑唱著回答他：「我愛這夜色茫茫，也愛這夜鶯歌唱，更愛那花一般的夢，擁抱著夜來香。」

李哥大笑。

小波拉著我坐下，我靠著他，依舊在低聲哼哼：「夜來香，我為你歌唱，夜來香，我為你思量，夜來香，夜來香……」

李哥對身邊坐著的人說：「我們給小妹慶功，讓六哥見笑了。」

我嘴裡的歌聲瞬間斷掉，小波很敏感，立即察覺，拍了拍我的背，示意我沒事。

六哥說：「難怪李哥今天不肯讓我的兄弟們進來玩。」

小六的口氣和以前有些不太相同，似乎這個「李哥」叫得沒有以前輕浮。

李哥笑：「實在不好意思，這樣吧，剩下的時間，隨你們玩。」旁邊的人拿出一瓶酒，李哥拿給小六，說：「這瓶酒是王勇從歐洲帶回來的，一直沒捨得喝，今天既然是六哥的生日，大家都高興，就一塊兒喝了。今天大家都高興，你們高興，我們也高興，就高高興興地過。」

六哥不冷不熱地說：「李哥和王局長的公子走得很近嘛，倒是要借李哥的面子，我們這樣的人才能喝一杯王公子的酒。」

李哥賠著笑說：「大家都是朋友，都是朋友。」他揮手，讓人去開酒，「不管是要喝酒，還是要跳舞都隨意。」

李哥話裡的意思已經表達得很明顯，可小六顯然不領情，突然指了指我，說：「我想請這位小妹和我跳一支舞。」

小波本來身子一直微微前傾地坐著，聽到小六的話，他突然笑起來，一邊笑著一邊懶洋洋地靠在了沙發上，淡淡說：「她今天晚上是我的舞伴，不能和別人跳。」

六哥笑著問李哥：「李哥剛說的話，不算數了？」

李哥抱歉地說：「六哥，真對不起，兄弟沒讀好書，說話沒文化，考慮不周，六哥包涵！」

小六呵呵地笑起來：「好，李哥果然是財氣壯，膽氣也壯了，咱們走著瞧吧！」他站起來要走，上酒的人正端著盤子，托著酒過來，他隨手一抬，整個酒盤都翻倒，所有的酒摔下來。

玻璃砸地聲中，小六帶著人怒氣沖沖地離開，我這時才看清張駿也在，剛才他一直沒說過話，所以一直不知道他在。

有人過來打掃玻璃，李哥揮手，讓他們過一會兒再打掃。

我知道事情和我沒關係，小六是存心找碴，李哥已決定不再退讓，我只不過恰逢其會，成了他們的藉口，不過場面話總還是要說一下的。

「李哥，對不起。」

李哥沒好氣地說：「妳要是真覺得對不起，我『李』字倒著寫。妳剛才沒跳起來，砸他一酒瓶子，已經很給我面子了。」

烏賊、妖嬈、小波和我都笑，李哥嘆氣：「這個小六太貪婪了，遲早要翻臉的，如今雖然不怕他，可也是個大麻煩。」

小波微笑著說：「政府每隔幾年就嚴打一次，算算年份，也差不多了。上次和王勇喝酒的時候，他不是說紅頭文件[16]已經下來了嗎？」

李哥大笑起來：「那我們就不用操心了。」說著站了起來，想要離開。

烏賊著急地說：「大哥，你把話說清楚，究竟怎麼應付小六？」

「我還要去見萬傑，以後再解釋給你聽。今天晚上屬於琦琦，別為小六壞了興致，你們該怎麼玩就怎麼玩。」

烏賊和妖嬈又去跳舞了，小波問我：「妳還想跳嗎？」

我問：「我今天晚上好看嗎？」

他點頭：「好看！」

我猶豫地想問「我和張駿的女朋友誰好看」，可答案簡直不用想都知道，小波肯定說是我，他說的話，不能當參考標準。

我懨懨地說：「不想跳了。」

小波問：「去換衣服嗎？」

我留戀地摸著身上的裙子，說：「再穿一小會兒。」

小波大笑，我沒客氣地一拳打過去：「有什麼好笑的？我就不能臭美一下了！」

「不要錦衣夜行，我們出去走走。」

他拖著我走出舞廳，兩人沿著街道散步，我覺得今晚的世界和往常很不一樣。走了幾步，終於反應過來哪裡不對勁了，著急地說：「我的眼鏡！」

「我不會丟掉妳的，待會兒回來再拿。」

我只能跟著他，繼續霧裡看花。

我們邊走邊聊，如果有人聽到我們的對話，肯定會想暈倒，他竟然在向我請教學習方法，而我也很揚揚得意地侃侃而談。

「我的英文不好，當年和聚寶盆鬥得太厲害，他的課我不喜歡聽，也不樂意做作業，弄得底子太弱，而英文和國文是兩門最沒得投機取巧的課程，和人聰明不聰明沒太大關係，我現在也沒發現學習英文的方法，所以沒什麼可說的。

代數、幾何、物理這些課其實一通百通，所有的難題其實歸根結底都是考思路。我都不明白老師幹麼那麼喜歡出作業，題海戰術最沒什麼意思，題目在精不在多，做得多腦子反倒亂了，糾纏於細枝末節。你知道嗎？我可以花半個小時把十道作業題全應付完，卻花費兩小時只研究一道幾何題，我會在腦海裡反反覆覆思考它為什麼要這麼做，關鍵不是解法，而在於為什麼要這麼解。

幾何老師不喜歡我，因為我上他的課經常發呆，可我向老天發誓，我其實上他的課最認真，我發呆的時候，經常在反覆想他講的例題，因為我發現，所有課程中，最能訓練思維邏輯嚴密性的就是幾何的證明推導題，如果邏輯推導的思維過關了，物理在本質上和需要死記硬背的歷史、地理、

16「各級政府機關下發的帶有大紅字標題和紅色印章的文件」的俗稱。一般「紅頭文件」，有行政管理權的行政機關在行政管理工作需要時就可以制定。

政治無任何區別。

煩瑣的證明題是一個把聰明人逼向笨人的過程，但是，你一定不可以不耐煩，即使一眼可以看到答案，仍然要按照最煩瑣的方法去思考，甚至要逼著自己最好更笨，因為這個笨的過程是為了更聰明，不管多難的難題，它本質的思維過程和簡單題是一樣的……」

其實，我自己都不知道自己在說什麼，因為從沒有人要求我總結學習經驗，我只是把自己對每一門功課本質的理解說出來，不但和老師往常說的學習方法不同，有的還背道而馳，小波卻聽得分外專注。

我嘀嘀咕咕講了一大堆，卻總覺得心裡理解的很多東西完全講不出來，抓著腦袋，著急地問：「你聽說過陳勁嗎？」

「高中部的神童，已經拿了無數競賽獎牌，當然聽過了。」

「我和他以前是小學同學，如果你需要的話，我可以哪天找他出來和你談一下學習心得，他肯定已經看過高三的課本，也許對你的幫助會更大。」

「不用了，我隱隱約約有點兒明白妳的意思。這些事情就和做生意一樣，成功者的經營理念只是一盞指路燈，該如何走還是要靠自己去悟，而且沒有必要去複製別人的路，關鍵是如何開闢一條適合自己走的路到達目的地。」

我強烈贊同：「的確如此，我之前在學習上完全不開竅，可自從小學被我的數學老師訓練了一段時間後，不知道為什麼，在理科上，就好像武俠小說裡的人一樣，任督二脈被人打通，突然就悟了。在領到數學課本的第一天，可以像看小說一樣，從頭津津有味地看到尾，那些文字和例題其實不是題目，而是在告訴你思維的方式。」

小波微笑著說：「琦琦，妳讓我有些吃驚，我覺得妳應該把清華北大做為自己的目標。」

我淡淡說：「我要不和你上一個學校，要不就和曉菲上一個學校，最好我們三個能上一個學校，我太害怕孤單，我希望我這輩子所有的孤單都已經在童年用完。」

小波第一次問：「妳不是有一個親妹妹嗎？妳和妹妹為什麼不親近？我爸死了後，我媽有時候情緒比較失控，會邊哭邊砸東西，我就躲到床底下，那個時候我經常暗暗地想，如果我有個兄弟姐妹就好了，至少有個人可以互相依靠。」

小波的語氣很平靜，聽不出什麼，只是一種淡然的陳述。我站定，握著他的胳膊，仰頭問：「你為什麼和我親近？」

他笑看著我，幫我整理了一下鬢上被我抓歪的玉蘭花，正想說話，忽有熟悉的聲音從街道對面傳過來。

「小波哥！」是張駿的女朋友。

我皺眉頭，怎麼在哪裡都能撞見她？真是陰魂不散！

她抓著張駿興高采烈地過了馬路，問：「你們在說什麼悄悄話？」

小波微笑著說：「我在向琦琦請教學習方法。」

她笑得花枝亂顫，以為小波和她開玩笑。

「我們要去唱歌，正覺得人少沒意思，讓張駿找幾個朋友，他嫌麻煩。小波哥，和我們一塊去吧？」她又看著我，驚嘆地說：「羅琦琦，妳今天晚上可真好看，哪裡買的裙子？」

我的虛榮心得到極大滿足，忍不住想看張駿的表情，可什麼都看不清楚。

小波客氣地說：「我晚上還有些事情，改天大家一起玩。」

張駿立即說：「那就改天再一起玩。」語畢立即拖著女朋友就走。

他女朋友還一步三回頭：「小波哥，下次一起玩呀，我有姐妹介紹給你。」

等她走了，我才品過味來，她哪裡是誇我呀？她只是在誇讚衣服。

小波看了眼錶說：「快十點了，我們回去換衣服，送妳回家。」

我詫異：「你晚上真有事？」

他說：「我們正式和小六翻臉了，我不放心歌廳，想回去看看，順便叮囑一下烏賊，讓他上心點兒。」

我搖著頭說：「你知道不知道諸葛亮是怎麼死的？累死的！有些心，能不操心就別操心了，就是諸葛亮都顧不周全，何況我們凡夫俗子呢？」

小波笑著推我往回走。

我換完衣服後，告訴他我自己回去，不用他送。

看著時間還早，我騎著自行車，到了河邊，把自行車往河邊的草叢裡一扔，翻到橋下，坐在石塊邊，聽水流嘩嘩。

夜色中，只有偶爾路過的行人。我安靜地藏匿在夜色中，有很安心的感覺。我是個很容易胡思亂想的人，可在水邊，聽著水流聲，卻可以什麼都不想，往往一坐下，就忘記時間，等驚覺時，已經大半日都過去。那種精神狀態，我自己覺得有點兒像佛家的打坐入定，不過我沒打坐入定過，所以也不知道是不是真的一樣。

在黑暗中坐了很久，正準備回家，卻聽到寧靜的夜色中響起緩慢的腳步聲，逐漸走近，最後停在了橋上。

一個人趴在橋頭抽菸，竟是張駿，驚得我一動不敢動。我的身影和河邊的石塊融於一起，他又只是眺望著河水出神，所以壓根兒沒留意到橋墩旁邊坐了個人。

他吸完一根菸，又點了一支，一邊吸菸，一邊往橋下扔石頭，石頭雖不大，可我就坐在河邊，偶有落得近的石頭，激起的水花濺得滿身滿臉。

我心裡全是不解，這人怎麼大半夜在這裡扔石頭？他是壓根兒沒去唱歌，還是已經唱完了？沒有人能給我答案，只有石頭一塊又一塊地掉下來，他扔了將近一小時，才全部扔完，他也足足抽了半包菸。

他又趴在橋上，吸了一會兒菸，將菸蒂彈到河水裡，轉身離去。我渾身濕淋淋地翻上岸，推著自行車回家。

對我的晚歸，爸媽當然很生氣，不過我自從考了第一後，就好像拿了一道免死金牌，他們竟然什麼都沒有說，只告訴我，以後不許玩得這麼晚了。

我趕緊洗漱，上床睡覺。

晚上，我夢到自己穿著裙子、高跟鞋走到張駿身邊，可他仍然不理我，他只看著那些成熟美麗的女子微笑。他們在舞池中不停地跳著舞，一支又一支，我傷心地跑回家，可家裡沒有一個人，爸爸媽媽帶著妹妹離開了，我開始放聲大哭。

那些回不去的年少時光【上】　卷終

那些回不去的年少時光〔上〕

茶蘼坊34

作　　者　桐　華

總 編 輯　張瑩瑩
副總編輯　蔡麗真

責任編輯　鄭淑慧
美術設計　洪素貞 (suzan1009@gmail.com)
封面設計　蕭苡菲
校　　對　仙境工作室
行銷企畫　黃煜智、黃怡婷

社　　長　郭重興
發行人兼出版總監　曾大福
出　　版　野人文化股份有限公司
發　　行　遠足文化事業股份有限公司
地址：231 新北市新店區民權路 108-3 號 6 樓
電話：（02）2218-1417　傳真：（02）8667-1065
電子信箱：service@bookrep.com.tw
網址：www.bookrep.com.tw
郵撥帳號：19504465 遠足文化事業股份有限公司
客服專線：0800-221-029
法律顧問　華洋法律事務所　蘇文生律師
印　　製　成陽印刷股份有限公司
初　　版　2014 年 5 月

定價　240 元
ISBN　978-986-5723-32-3

歡迎團體訂購，另有優惠，請洽業務部（02）22181417 分機 1120、1123

國家圖書館出版品預行編目 (CIP) 資料

那些回不去的年少時光 / 桐華作 . -- 初版 . -- 新北市 : 野人文化出版 : 遠足文化發行 , 2014.05-2014.06
冊；　公分 . -- (茶蘼坊 ; 34-36)

ISBN 978-986-5723-32-3(上卷 : 平裝). --
ISBN 978-986-5723-33-0(中卷 : 平裝). --
ISBN 978-986-5723-34-7(下卷 : 平裝)

857.7　　103006274

那些回不去的年少時光〔上〕

線上讀者回函專用 QR CODE，您的寶貴意見，將是我們進步的最大動力。

野人文化
讀者回函卡

感謝你購買《那些回不去的年少時光》上卷

姓　名　　　　　　　　　　　□女 □男　年齡

地　址

電　話　　　　　　　　　　　手機

Email

□同意 □不同意　收到野人文化新書電子報

學　歷 □國中(含以下) □高中職 □大專 □研究所以上
職　業 □生產/製造 □金融/商業 □傳播/廣告 □軍警/公務員
□教育/文化 □旅遊/運輸 □醫療/保健 □仲介/服務
□學生 □自由/家管 □其他

◆你從何處知道此書？
□書店：名稱 ________ □網路：名稱 ________
□量販店：名稱 ________ □其他 ________

◆你以何種方式購買本書？
□誠品書店 □誠品網路書店 □金石堂書店 □金石堂網路書店
□博客來網路書店 □其他 ________

◆你的閱讀習慣：
□親子教養 □文學 □翻譯小說 □日文小說 □華文小說 □藝術設計
□人文社科 □自然科學 □商業理財 □宗教哲學 □心理勵志
□休閒生活（旅遊、瘦身、美容、園藝等） □手工藝／DIY □飲食／食譜
□健康養生 □兩性 □圖文書／漫畫 □其他 ____

◆你對本書的評價：（請填代號，1. 非常滿意 2. 滿意 3. 尚可 4. 待改進）
書名 ____ 封面設計 ____ 版面編排 ____ 印刷 ____ 內容 ____
整體評價 ____

◆你對本書的建議：

野人文化部落格 http://yeren.pixnet.net/blog
野人文化粉絲專頁 http://www.facebook.com/yerenpublish

廣 告 回 函
板橋郵政管理局登記證
板 橋 廣 字 第 143 號

郵資已付 免貼郵票

23141
新北市新店區民權路108-2號9樓
野人文化股份有限公司 收

請沿線撕下對折寄回

野人

書名：那些回不去的年少時光【上卷】 書號：0NRR0034